時光裡的小河流

王秀蘭 著

推薦序

選擇文學陽光想望——《時光裡的小河流》書與人

翁少非／華副專欄作家

入秋，豔陽收斂，是個冷風陰鬱的日子，趕車到港都會見《時光裡的小河流》作者王秀蘭。初次見面，一如從臉書所得的印象，她長髮披肩、謙沖優雅。

從小在南部眷村長大的她，十八歲負笈北上，銘傳大學畢業後又回到南部工作，並走入婚姻相夫教子，豈料先生在知命之年撒手人寰，空巢獨處的她在孩子離家，全然孤獨又無助的時刻，選擇與文學結緣，並在三年前報考屏東大學中文研究所，勤品古典與現代文學，找到自己的心靈依託。這期間受到琹涵、妍音等等文壇名家與好友美鳳、秀端諸人給予的指導與鼓勵，開始嘗試寫作並投稿各報副刊，如今集結作品出版，真的可喜可賀。

讀屏東大學，算是我學妹，但談到「選擇」兩字，我特別有感，因為當初是認同其頭像下的座右銘「人生是由無數個選擇累積而來，活在當下，讓每一個選擇，都是一個全新的出發」加她為友的。

選擇，是一種人可以為自己負責，並發揮潛能的展現。現實治療學派大師葛拉瑟（Glasser）認為人們能控制的只有自己，而我們所有的行動、思想、感覺及生理反應，都是自己選擇的結果。換句話說，人能夠掌握自己的生活，而不是環境的受難者。

馬克．吐溫在自傳裡，提到童年時他常玩心情遊戲，問自己：「現在我應該懷著像牧場裏歌唱的雲雀，那樣愉快的心情；還是像連白天也躲在樹上的夜鶯，那樣悲傷的心情？」當然，他總是選擇愉悅的雲雀，也許就是生活在這種生命情調裡，讓他寫出《湯姆歷險記》等這類，以機智、幽默聞名遐邇的小說吧！顯然，「選擇」是人類得天獨厚的能力，讓人能掙脫外在困境束縛，尋求內心真實想望。

而我以此和作者結識，在讀「竹籬笆內的春天」、「旅人的夢」、「時光回眸」、「情關難渡」和「深情走廊」這五輯的散文集時，感受到作者持有這種人生態度，在歷經父母、婆婆失智離世、先生罹癌病逝，透過筆尖的抒發，得以安置煎熬之苦、思親之痛的身心，並拾獲文學創作的撫慰與欣悅。

作者描寫人間互動絲絲入扣，字裡行間流露的真情，每每扣人心弦。如〈母親的首飾盒〉一文，作者四十歲那年身體不佳，生日那天，母親心疼的說：「這只鑲鑽戒指給妳當作紀念，妳五十歲的時候，媽媽還不知道能不能再幫妳過生日了？」臨走前，還燒了三炷香祈求佛陀的保佑，這一幕不僅讓作者眼淚撲簌簌地流，讀者也不禁為之動容。

綜觀本書的取材，從五十年代迄今，場景以眷村、國宅、旅遊地為主，描寫為了躲避戰亂離鄉背井來到島嶼的上一代，他們在時代變遷下的鄉愁與孤寂，以及自己與上下兩代間的相處情懷。

眷村文化與來台老兵的議題，從三四十年前就廣受關注，孫越主演的《老莫的第二個春天》電影上映後，更激起一般民眾的關心，而我在服預官役的二年間，連上就送別三位老士官入土，讓我對這群被稱為「老藕仔」心生不捨，寫了〈鐘聲〉這篇小說。但，作者身歷其境，父母皆為南京人，顛沛流離來台，不論是描寫童年眷村生活，老一輩的思鄉之情，或是刻劃單身友人體衰病弱，在療養院老去的落寞，可謂入木三分，更加深了我對這議題的理解。

闔上書，父親巧手製作的鐵玻璃窗、教堂神父的神奇小紙片、母親最愛的梔子花、梁伯伯茫然抽著新樂園香菸……這一幕幕影像不斷地浮現在我的腦海裡久之不去。她淡淡的筆觸，真摯的情感，每一則故事，都溫潤感人，在一步一吟與時光的喟嘆中，捕捉生命的悵惘，化為文字收藏在心中最幽微的角落，將回憶的美好滋味駐留。

選擇文學相伴，是人生全新的出發；出版這本散文分享生活片段，宛若一條承載某人某事的時光小河，匯流到人類歷史的長河，也許微不足道，但總會激起一些浪花，滋潤讀者乾涸的心田，滋長新的感動和生機。

讀這樣題材的書，原本我以為會浸入「斷捨離」氛圍裡，然而，我發現作品伏流出她對未來的想望，這想望輻射著陽光般的動能。

我向她恭喜，也感謝她讓我有機會更認識她。臨別時，她的手機響了，母校報來喜訊，說她的作品〈母親的一生〉榮獲「屏東大學陳哲男文學獎」散文首獎。她的眼眶又紅了，或許又想到當初邊寫邊掉淚的情景吧！我想，創作力豐沛的她，未來的道路應是值得期待與祝福的。

目錄

時光回眸

母親的一生

我母親是有許多故事的人。她七歲喪母，從小與弟弟跟著太婆長大。我的外公整日無所事事，只會喝酒賭錢，養家活口的責任全落在太婆身上，一家人靠著種菜維生。母親住的地方很鄉下，前不巴村後不著店，到城裡得走一個多小時的路程。每天天色未亮，母親就要挑著兩簍青菜，帶著三歲的弟弟到城裡叫賣。暗夜裡弟弟手提著燈籠，母親肩挑著扁擔，倆人在搖晃燈影裡摸黑趕路，走的喘急了，就停下來，坐在田埂旁稍事休息，然後繼續趕路，氣喘吁吁走到了城裡剛好天亮。

市集裡的人見這對年幼的姐弟，心生憐憫，菜總是很快就賣完了，若運氣好碰上菩薩心腸的人，還會多給他們一點銀元。賞錢多的時候，母親就會去糕餅舖子買兩塊桂花糕，一塊帶回去給牙口不好的太婆，一塊給年幼的弟弟，自己則捨不得吃。每當母親看到他們臉上滿足的表情，笑靨就從心尖上生出來鋪展在臉龐上，心裡甜滋滋的，覺得這就是「家」的味道。

趕著崎嶇山路回到家已近晌午，此時太婆早已把熱騰騰的飯菜端上了桌，母親邊吃邊開心地把揣在兜裡的錢全數攤在桌上，這時若適巧外公在家，菜錢便瞬間進了外公的口袋裡，然後一溜煙就不見了人影，辛苦的賣菜錢經常就像是竹籃子打水一場空。後來母親學聰明了，在回家前會先把大部分的菜錢私藏在鞋子裡，只留少許在口袋裡給外公買酒喝。母親從來沒有童年的感受，年幼喪母，使她一夕之間被迫長成大人，照顧著自己也照顧著一家老小。

由於外公經常流連在外，留下家中老小相依為命，祖孫經常望著空蕩蕩的米缸相擁而泣，不知明天在何方？說起年幼的那一段往事，母親對外公盡是怨懟之聲，對太婆卻是滿心的感恩，因為在外婆去世後，太婆是唯一最愛她的親人，母親自幼依她膝下多年，這祖孫之情比山高比水深。然而，太婆在母親十五歲那一年因病去世，此時此刻，她知道除了自己，再無依靠。外公帶著他們離開了村莊，沿途靠著路人施捨最後落腳於父親的故鄉——南京石馬村。

外公無一技之長，只能靠乞討維生，從此成了一名乞丐。母親從小跟著太婆學了一手好女紅，舉凡縫製衣服、納鞋底、繡枕頭，各種針線活都難不倒她。街坊鄰居見了母親的巧手與慧思甚是喜歡，紛紛請她代工，母親總在忙完一天的工作之後，就著一盞油燈做針線活，靠著這個手藝，維持著一家人的溫飽。人生的道路曲曲折折，永遠看不到盡頭，但母親甘之如飴從沒怨嘆過，她總說，有家人的地方，屋子才會有光亮。

一天傍晚，母親在灶房準備晚餐，外公惶惶不安地走近母親身旁，也不看母親，低頭盯著腳尖，蠕蠕地告訴母親，因在外欠下賭債無力償還，債主逼得緊，在走投無路之下，只好托媒人把她賣給了我的奶奶。外公告訴母親，父親在城裡開了一間打鐵舖，是個穩妥的老實人，家裡雖不是什麼大富大貴人家，三餐溫飽應不成問題，要母親放心。

聽罷，母親癱在外公身上，撕心裂肺地嚎了起來。她終於知道，自己的生命從來就不在自己的手中，生活永遠像一個棋盤，每天都有不同的佈局。她本是家中的支柱，宛若油紙傘中間的傘骨，如今傘骨斷了，這把傘如何能撐得起這個家的一片天？她走了之後，家中的弟弟又該怎麼辦？

母親急了，隔日便帶著年幼的弟弟去城裡找奶奶商量，希望婚後能把自己的弟弟帶在身邊在店裡當學徒，不用支付工錢，只要有一口飯吃一個棲身之所便可。奶奶認為合乎情理便答應了，就這樣，母親從生長了十七年的家裡走了出來，只帶走了自己的弟弟和這屋子裡曾有過的光亮。婚後，父親對母親總是千依百順，這不僅是母親溫婉的個性，更是賣身救父的孝心讓人不捨，因此對母親多了一份疼惜。

母親婚後，外公依舊以行乞度日，過著今朝有酒今朝醉的糜爛生活，一年冬天，因酗酒暴斃於街頭，然而母親生活困頓沒錢買棺木，只能將外公以草蓆包覆，荒地裡埋了，連個墓碑都沒有。母親講述這段往事時，仍是哀戚萬分，她明知生命榮枯是遲早的事，縱使外公荒誕一生，讓子女受盡磨難，然而在他人生最後的路程，依然為外公不得善終而深感歉憾。

母親今生似乎與佛有著一份宿緣，中日抗戰期間，日軍不時空襲南京城，一個深夜，村子傳來消息，說日本人進城了，大夥兒紛紛逃往山裡躲藏，奔逃中，母親無意間在路上撿拾到一尊被人丟棄的佛像，仔細擦拭後發現這是一尊沈甸甸的銅製觀音，銅在當年可是相當值錢的金屬，大夥兒建議賣了可以換不少銀元，母親卻執意不肯，認為這是她與佛祖今生難得的因緣，回家後母親把佛像放上供桌，早晚膜拜，誦經祈福，並從此茹素終生。

母親一生坎坷艱辛，如浮萍般東飄西蕩，沒有可歸的家園，嚐過一無所有的困頓，「我的父親是個乞丐」更在她小小的心靈，留下了一個深不見底的傷口，這些傷口稍一碰觸，便有難以言說的疼，自從有了宗教信仰後，佛祖的靈光照耀著她，使她屢遭困厄依然能安然走過，不至顛撲不起。每逢心煩意亂之時，母親就在心中虔呼佛號，徬徨無依的心，就立刻得到了寧靜與安詳，人世的榮枯得失，也就不再抑鬱於懷了。歲月躡走了她眼角的淚水，她在信仰裡學會了寬容，找到了心靈的慰藉，我想，這或許是母親一生能隨遇而安，恬淡自如的原因吧！

一九四九年國共之戰爆發，兵荒馬亂中，父母帶著襁褓中的大姐倉促上路，匆忙中竟忘了遺留在家中的佛像，此時，碼頭上一片驚惶，哭聲連連，母親顧不得船隻航行在即，火速折返家中將佛祖帶出，還因此差點延誤了時間上不了船。從此，千山萬水，天涯他鄉，佛祖伴隨著母親走完一生的滄桑！

戰後的台灣，一片蕭條，父親一份微薄的薪水，實無法應付一家七口食指浩繁的生活所需，記得在我很小的時候，母親經常在家以手工活，例如刺繡、納鞋底，以打零工的方式賺錢貼補家用，待我長大一點，母親買了一台縫紉機，當起了裁縫師，母親縫製的衣服新穎大方，手工精巧，很受歡迎，但是母親所賺的辛苦錢，通常一部分都進了乞丐的口袋裡去了。在那個捉襟見肘的年代裡，大家生活都異常艱辛，村子裡經常會有乞丐來行乞，街坊鄰居總把他們攆走，然而母親見了，不但會施捨他們一點小錢，還會把家裡的剩飯包起來給他們帶回去。對母親這樣的行為，小小年紀的我總是覺得納悶，一回我問母親：「我們家也很窮，經常吃豬油鹽巴拌飯，連一盤青菜都沒有，為什麼還要把辛苦賺來的錢給他們呢？」母親笑著說：「若不是到了山窮水盡的地步，有誰願意出來行乞？當年，妳外公也是個乞丐，我最能深刻體會出他們這份有苦難言的心情，說不定他還有一家子的老小要養，我們有飯吃有衣穿有屋住，已經很幸福了，能給別人一點幫助，有什麼不好呢！」母親摸摸我的頭，問：「妳懂了嗎？」我點頭如搗蒜地說：「懂了，懂了，原來我的媽媽是菩薩化身來的啊！」詩人蘇東坡有一首詩：「愛鼠常留飯，憐蛾不點燈。」母親的仁慈體恤與宅心善念，我想應是佛祖給予的教誨吧！

母親不識字、沒讀過書，卻知道許多忠孝節義的故事，那都是她年幼時從太婆那兒聽來的，所以小時候我們做完功課，總喜歡依在母親身邊，一邊看母親做針線活，一邊聽故事，這也是我們年幼時最快樂的一段時光了。長大後，我們各自忙著自己的工作，母親總不忘時刻叮嚀我們，要在社會上做一個有用的人，不要成為別人的負擔，對於需要幫助的人，要及時伸出援手，這樣的社會才會和諧溫暖。母親的智慧，讓我們一生受用無窮，她的言行舉止就是子女最好的典範。

母親晚年罹患血癌，深受病痛折磨，但她每天依舊靜心抄經誦經，不為世俗擾心，我們仍可以迎著她慈祥愷悌的笑容，與她閒話家常。一天，母親知道自己時日已盡，便把大家都叫了去，詳細交代了身後的大小事，並囑咐我們要做一個誠誠懇懇、平平實實的人，心中有善與愛，佛祖自會庇佑，聲音是一種波瀾不驚的平和。此時，她嘴角上揚，臉上煥發出一抹淡淡的微笑，似乎此生責任已了，沉沉鬱鬱的一生是該放下了，第二天清晨母親在睡夢中安詳辭世。從此木魚梵唄與裊裊檀香晨昏相伴，人間愁苦不再羈絆！

「酸辛半乾醉筆，對明月，一笑人間萬事，多少滄桑今昔。」這首詩，我讀著讀著，竟不知不覺涕淚滿襟！我永遠記得母親說過的這一句話：「有家人的地方，屋子才會有光亮。」

迴縈舊夢

母親晚年在父親去世後，依然一個人住在眷村改建的國宅裡，不願給兒女添麻煩。為了陪伴風燭殘年的母親，哥哥欲接母親同住，母親卻執意不肯，她說這裡是她與父親共生共營一輩子的家，有她熟悉的鄉音與多年相依的老友，離開了這裡，也就失了根。哥哥協調多次未果，只能依著她。後來母親得了血癌，身體羸弱，哥哥不再與母親商量，堅持欲接來同住，母親雖有幾分猶豫，最後還是順服了。

為了方便照顧生病的母親，哥哥挪出了主臥房旁邊的一間房，並與嫂嫂花了一整天的時間把它弄妥當了，母親的房間就只是一張床，一個小衣櫥、一個小茶几與一台電視，房間簡單潔淨，像母親在眷村的老家，哥哥花的這點心思，只是想讓母親有回家的感覺。

多年來，母親的心早已在眷村的土壤裡生出了根鬚，離了村拔了根鬚就沒了氣息。到了哥哥家，母親住不慣，天天嚷著要回眷村，大家好言相勸，母親不為所動。一天，趁哥哥外出，偷偷打了電話給我，說她想回家，問我是否有空過去接她？在母親心中，眷村才是她真正的家。我彷彿看見電話那一頭無助的母親那一雙哀憐的眼神，在還沒想好怎麼安撫她的情緒前，我只好含糊地答應了。

母親執拗的個性，無人能勸阻，最後在哥哥家勉強住了一個星期，就又回到了眷村，並於隔年病逝。眷村的房子在母親去世後賣給了外來客，從此「娘家」這名詞便逐漸在我記憶中，如風中秋蓬，辭根飄向渺茫。

如今，老舊國宅在落日餘暉裡被鏤刻成了一座歲月的雕像，戛然而止的前塵往事，像一則生命隱喻，啞然不知所以地墜落，如海風裡的夕陽。在那幽暗荒靜的長廊裡，一個個眼神呆滯、神情渙散，坐在輪椅上的孤單老人與身旁群聚的年輕看護，形成生命強烈的對比，是一種令人悚然的滄桑。晚年，他們駐紮在自己生命的圖像裡漫無目的的行走，時而清醒時而迷惘，那瞬間是寂寞的，像孤舟在茫茫大海裡的寂寞。老一輩的父母，走過動盪時代的顛沛流離，我們這一代的子女，走過承平時期的悲歡離合，時間是公平的，沒有偏袒任何一個人。生命的破網，該如何縫補，才能了無遺憾！

再度走進老眷村，週遭事物在眼前清晰倒帶，早該已矣的那些人那些事又復活了起來，回顧往昔舊事，不免有置身霧境般的傷感！我默默走向依傍的河岸，從一叢叢漫生野草的隙縫裡，看見自己孤單、模糊的倒影，竟有一股想哭的衝動。我愣在當下，轉頭看著河岸的盡頭，想起楊慎的這一段詩：「青山依舊在，幾度夕陽紅。」不禁紅了眼眶。

父親的香菸

小時候，父親菸抽得很兇，我還記得那是新樂園的牌子。當父親一根接著一根抽的時候，滿屋子嗆鼻的味道，常讓我們四竄而逃。

父親是個不多話的人，每當他抽菸的時候，神情就陷入了沉思中，在煙霧繚繞的氛圍裡，可看得出他落寞的愁緒與憂傷，母親在旁總嘆著氣說：「你又在想老家了？」父親默然地苦笑著，而我經常躲在角落靜靜地看著，不敢去打擾他。

年幼的我，不懂什麼是鄉愁，只知道那些年父親抽著菸的沉默時光裡，是他有家歸不得的傷痛，這傷痛裡有他思念的爹娘與手足，彷彿只有在煙霧瀰漫中，才可看見隱身在千里之外的家鄉，「明日隔山岳，世事兩茫茫」當年一別，從此與親人天南地北過著無從聞問的日子……。

長大後，我離家北上讀書，我才逐漸了解父親心中那份思鄉的椎心之苦，然而，再怎麼苦，我還有家可回，但父親卻一輩子只能在香菸的雲霧裡訴說他的寂寞與哀愁。

當年在眷村裡，父親跟隔壁的梁伯伯感情最好，梁伯伯當年隨國民政府倉皇奔逃來台，身邊只帶了兒子同行，因為家鄉還有年邁無法遠行的父母需要照顧，所以他把妻女留在了大陸老家，如今時光飛逝，家鄉成了一個回不去的故鄉，他鍾愛的家人將難於重見了。

至今我依然清晰地記得，那些年烙印在心中蒼涼的畫面。父親經常在晚飯後，牽著年幼的我和妹妹去梁伯伯家玩，梁伯伯見著我們總是開心地問：「吃過飯了？」父親回說：「是啊！」隨後倆人各自拿了一個板凳，分坐在餐桌的兩旁，他們各自點了菸，偶爾交談一些生活瑣碎，大部分時間裡他們只是靜靜地坐著，雙眼茫然地看著窗外，昏黃燈盞下，兩個寂寞的身影，像兩個自囚的，幽傷的老靈魂。我和妹妹開心地在旁邊玩著辦家家酒的遊戲，彷彿他們的世界與我們毫不相干。

有一次聽見父親問：「這麼多年了，你老家那邊，老婆和孩子不知道怎麼樣了？」聽罷，梁伯伯一時悲從中來，語帶哽咽地說：「老家沒有一點消息，今生怕是無緣再見了啊！當初想說只是暫時避難於此，沒多久就能回去，八年抗戰我們都熬了過來，自己人打自己人能打多久？哪知當年一別竟成了永訣，如今是回不去了，真正的回不去了啊！」父親坐在一旁，也傷心地掉著眼淚。這種遺憾，在往後的日子裡不斷地折磨著他們。

年幼的我，從沒將他們思鄉的愁緒放在心上，直覺認為那是他們過於思念親人之故，我隨著父親的蒼老逐漸長大，才慢慢地瞭解到，在那命如草芥的年代裡，有太多他們不可言說的心酸，那一根根新樂園香菸，伴隨著他們走過多年孤寂的歲月。最後一瞥的家鄉，是回不去的故鄉，蒼茫的天涯，未知的明天，他們不知該走向何方？

多年以後，梁伯伯的兒子大學畢業，在花蓮找到一份教職的工作，便把梁伯伯接去同住，父子倆離開眷村後，也就和我們斷了音訊。

一九八七年兩岸開放探親，哥哥帶著父母重新踏上近四十年未見的家園，但親人多已離去，望著祖墳，坐在輪椅上且已失智的父親，什麼都不記得了！所有的憾恨，已還諸天地，如今水酒一杯，欲向黃泉何處？

姊妹情

化療後的大姐，頭髮全掉光了，愛漂亮的她，除了例行的醫院回診，從此不願再踏出家門一步。平日三餐，她在家自己簡單料理，到了星期假日全家就帶著她出去走走透透氣，順道去餐廳打打牙祭，補給營養。每次出門她會戴上一頂帽子遮掩，這在室外還好，別人會以為是為了遮陽之用，但走進了餐廳，依然戴著帽子，似乎宣告了「此地無銀三百兩」，常常別人一個不經意的眼光，都會讓她窘困不已，從此她總以各種理由拒絕出門。

我和二姐商量後，決定帶她去買一頂假髮。

走進假髮專賣店，大姐在鏡台前坐下，我們挑了幾個不同的款式給她試戴，最後大家共同選定了一款俏麗短髮。「這款樣式很年輕，很適合妳的臉型喔。」店員邊說邊給她戴上，並小心翼翼的替她攏了攏頭髮。大姐欠身湊近鏡子面前，左顧右盼，端詳許久，最後用手輕輕的摩挲了幾下這頂假髮，轉頭對著我們微笑，開心的說：「就這款吧，是真的好看，只是不好意思，讓妳們破費了。」戴上假髮的她，神情又恢復了從前的自信，在她滿臉皺紋的笑靨裡，刻畫著她曾經的年輕。

我們告訴她，化療的這段期間出門戴上它，就不用再擔心別人異樣的眼光，等化療結束，頭髮長出來了，這頂假髮還可以用來變化造型和遮掩白髮，真的是一舉數得，用處可多著呢！「若無閒事掛心頭，便是人間好時節」我們委婉勸慰她要心情放輕鬆並且樂觀看待，好的細胞才能打敗壞的細胞，聖經上不也說，喜悅的心乃是良藥嗎?從此，我們經常在家族的line上看到她，戴著那頂假髮與家人一起外出用餐或出遊的開心照片，心頭那份溫馨的感受，不言而喻。

人生在世無人能逃得過「生老病死」之厄，免不去「悲歡離合」之憂，如果走到了人生的黃昏，依然有著「哀樂不易施乎前，知其不可奈何而安之若命」的豁達胸襟，豈不是另一種勘破一切，安然灑脫之超俗境界嗎？

生病這段期間大姐進出醫院已成家常便飯，但她毫不沮喪且越挫越勇，並交代我們不要把她當病人看待，她可是要陪著我們姊妹一起到老呢。二姐笑說，從來沒見過這麼樂觀的癌末病患。人說「長姐如母」，在父母相繼去世之後，大姐就像一棵母親樹，它永遠長在我們心中，為我們遮風擋雨，帶來無限溫暖。如今癌末的她已安然走過了兩年，未來還有多長，我們無法預知，但我們珍惜與她相處的每一寸時光。

母親的首飾盒

打開梳妝台的抽屜，想找一串項鍊搭配衣服，無意中發現躲在角落的一個絨布盒子，它是一個粉紅色帽子型狀的首飾盒，帽子中間繫著一條深紅色蝴蝶結緞帶，它把母親的愛，牢牢地繫在了盒子裡。打開首飾盒，那久遠的記憶又浮上了心頭。

我記得那是一個花開的春天，母親坐車來看我，那一天是我四十歲的生日，我是春天出生的小羊，母親永遠記得。

她從皮包拿出一個粉紅色的首飾盒給我，說：「妳今年四十歲了，這一個白K鑲鑽的戒指，送給妳當作紀念，妳五十歲的時候，媽媽還不知道能不能再幫妳過生日了，這是前兩天我去銀樓買的，妳戴戴看戒圍合不合，樣式喜不喜歡？」

當年的我身體不好，母親很是擔心，她想著，也許藉著幫我過生日，沖沖喜，能將一切厄運掃除，換得一個健朗的身體。

「太大了啦！妳看，戴在中指還晃蕩晃蕩的。」我開心的在空中揮舞著我的手。「不大，不大，等妳身體好了長胖了，就剛剛好，一點都不大。」她心疼地看著我殘弱的身軀。臨走前，她替我在家裡佛像前燒了三炷香，嘴裡念念叨叨一些話語，她始終相信，她的誠心能打動佛祖庇蔭著自己的孩子，平安地度過難關。我望著母親，眼中閃著淚光，母親的愛，總是沒有條件，沒有盡頭。

一年後，身體逐漸好了起來，我重新拿起母親買給我的戒指戴上，真的剛剛好，母親曾說的：「不大、不大」像窗外燦亮的陽光，給了我無限的溫暖。

沒幾年光景，母親生病了，醫生說是血癌，那一段日子，我經常帶著她進出醫院，有一次我們在醫院候診間的椅子上坐著等候看診，她看著我手上的戒指，拉著我的手，說：「妳看，現在真的剛剛好，一點都不大呢，以後媽媽走了，妳看著戒指就好像看到了媽媽一樣。」我轉頭望向窗外灰色的天空，眼淚撲簌簌地流。

當年母親為我的病痛，日日燒香祈求佛祖保佑，此刻我面對母親逐漸孱弱的身軀，竟是無計可施，我每天在家為母親抄經唸佛，清晨一炷香，跪拜祈求菩薩憐憫，然而，母親已病入膏肓，回天乏術，一日清晨，在睡夢中，安詳地被菩薩接引去了西方極樂世界。

如今，母親已走了十多年，當她離開我的那一天，我把戒指又放回了粉紅色的戒盒裡，我把那一份愛，仔細收藏在盒子裡，彷彿母親不曾離開過。

註：作者從小跟隨母親進出佛寺廟宇為一名佛教徒，之後於二〇〇六年在妹妹的帶領下受洗成為基督徒。

爸爸，還記得我嗎？

那一年的一個夏天清晨，我正準備送孩子上學，電話那一頭傳來姊姊的哭泣聲：「妳快回來啊，爸爸走了。」送孩子到了學校，我開車趕回去。全家兄弟姊妹五個人全到齊了，圍在爸爸身邊，媽媽哭泣吶喊：「不要走啊。」不久，葬儀社的人帶走了爸爸，我們跟隨著車子，去到殯儀館。

爸爸闔上了眼簾的同時，也重重地闔上了他的生命簿，然而，明明還有好多的空白頁在等待著書寫，怎麼就急急丟下了我們？

爸爸退休後，用退休金在大樹鄉下買了一個透天別莊，這房子地處偏僻，前不著村後不著店，但有前庭後院，可以蒔花弄草，怡心養性，媽媽很是喜歡，她種了喜歡的檍子花與七里香。從我有記憶開始，眷村那擁擠不堪的家裡，就是一堆貓啊狗啊和一籠子的鳥。如今搬來鄉下，他們更把這寬闊的一方土地，發揮得淋漓盡致。

前院搭起了絲瓜棚，地上種滿各種季節性蔬菜，若我們放假回去鄉下，要回家時爸爸總為我們裝好了一袋一袋的青菜，讓我們帶回家，媽媽也不忘叮嚀：「這是親手種的沒農藥喔，回去就趁新鮮煮了吃，放久了就老了，下次來你們就有豆子可吃了，還有那……」

媽媽開心地說著，爸爸在一旁，笑的好燦爛，酡紅的臉頰蕩漾著快樂的音符，他們好像回到了年輕時的家鄉，有著花香土香人圓月圓的美好歲月裡。他們原想，這樣的生活，是這輩子再也無法重現了，豈知，卻在這裡找回了兒時的舊夢。

鄉下的房子，是一棟三層樓的建築。一樓是一個客餐廳和一間小臥房；二樓的兩個房間，一間是媽媽的主臥房，推開木製的窗櫺，有一個伸展出去的大陽台，媽媽在陽台上種滿了她喜歡的花草；二樓的另一間，是爸爸的房間，後來爸爸得了失智症，媽媽就把爸爸移到一樓的小房間，省去爸爸上下樓梯的不便。

三樓是一間佛堂，媽媽每天清晨起床，總要在此燒香禮佛誦經，虔誠地祈禱一家平安。佛桌上供奉的一尊菩薩，是當年在大陸逃難時，在路上撿拾到的，媽媽自認與佛祖有緣，從此茹素終生。這尊佛像，成了我們全家的護身符，大小事媽媽都跟菩薩說，尤其是爸爸生病的那些年，媽媽更是虔誠。

鄉居的生活固然清幽，但對個性孤僻內向的爸爸，顯然並不適合，媽媽每天忙著那些貓狗、花草、菜園；爸爸則每天呆坐在家裡，沒有朋友，也沒人說話，漸漸地我們發現爸爸老了，行動遲緩了，說話不清楚了，這時候我們才知道，原來爸爸失智了……

媽媽一個人在鄉下照顧爸爸很是辛苦，我們每個人忙著自己的工作與家庭，也只能在放假的日子回去探視。後來眷村改建成國宅，我們為了爸爸就醫方便，便把爸媽接回了國宅居住。

當年爸爸離開大樹鄉下回到高雄時，已是重度失智了。失智症是一種不可逆的疾病，歷程大約十年，最後便會因器官衰竭而亡。爸爸在失智十年的歲月裡，媽媽無微不至地照顧，但是病情每況愈下，最後因無法吞嚥而送進了醫院，當時醫生要進行氣切插管，好方便從鼻胃管餵食，卻是屢插不進，爸爸痛苦的直叫，媽媽見狀不忍，立刻拔下了護士手中的插管，跟我們說：「帶爸爸回家，讓爸爸在家中安息吧。」

我清晰的記得，那是一個年輕的醫生，他對我們的行為不解且憤怒，問：「爸爸只要能插管餵食，仍然有存活的機會，為什麼不要救他？」媽媽簡單地回了醫生一句話：「像植物人一樣生不如死的活著，有何意義？」爸爸被我們帶了回家，一個星期後在家中病逝。

我常思索當年醫生的這段話，當時我們真的是錯了嗎？當我們面對衰老、失智，最後的插管意義何在？插鼻胃管很痛，看著爸爸臉上痛苦的表情，我們於心不忍，當病人患了「不可逆的疾病」，插管只能拖延死亡的到臨，「插管」它不是真正的愛，它是一種殘忍的對待。

爸爸已走了二十多年，我又回到當年鄉下的那棟房子，這裡曾是他最後的記憶所在，而今已是一片荒蕪。我站在這空盪的老屋前，每一片瓦，每一道牆，都是一聲歎息，荒煙蔓草吞沒了所有的故事，一切彷彿不曾存在過。

此時，天空飄起漫漫雨絲，在幽暗的廊廡深處，我似乎看見了坐在輪椅上的爸爸。我輕聲地問：「爸爸，還記得我嗎？」

遺忘

常常以為我們大腦的記憶容量，就像一部電腦的記憶體卡匣，能容納所有我們讀過、看過的事物，只需隨時按下一個鍵盤上的按鍵，螢幕就會立刻跳出所需要的任何資料。然而，隨著時光的流逝，大腦的記憶體也就逐漸萎縮，它的名字叫「遺忘」。

記憶鼓動遺忘的羽翼，以決裂的姿態，杳然飛入那不可知的世界，藏匿無蹤。在生命中走過的一切，曾經是那麼真實地存在過，隨著歲月流逝，那些斑駁的記憶，如今卻是那麼虛幻地成為無法挽回、似乎不曾存在的過往。

婆婆晚年得了失智症，在公公去世後，病情到了無以復加的地步，失智的十年歲月裡，她無知無畏地活在自己一個人的美好時光裡，她用過去的舊夢裝飾她自己的異想世界，做起她層層綻放的新夢，那單純而鋪天蓋地的快樂，給予了她遠離現實的想像空間，那空間比任何地方還誘人。

她天真無邪地回到記憶中的童年，直到她尋回了母親召喚的那一天，她在甜甜的夢裡永遠沉睡而去，那一年，她剛好八十歲。

當我年歲漸長，也就慢慢地了解，失智雖然讓人受盡折磨，卻也在某些時刻，讓他們找回了從前快樂的美好時光。

迷航

婆婆晚年得了失智症，那是在她和公公移民美國之後發生的。二十多年前，公婆以「依親」的名義移民至美國紐約，與大姑同住。

每天早晨他們相偕到住家附近的公園散步。陽光朗燦的公園裡大多是退休的銀髮族，公公個性開朗，喜交朋友，很快就和當地的人打成了一片；婆婆個性內向不善言詞，加上語言不通，經常只能一個人坐在公園裡發呆，久之，便不再與公公前往。

婆婆每天在大姑上班、公公去了公園之後，一個人靠著書本打發無聊的時間。在那日復一日，鬱悶不開的時光，是她幽黯的老年生活寫照。

她年少走過烽煙、離亂的時代，如今橫渡重洋移民新大陸，本想於此安享晚年，一雙厚繭的雙腳，從此不再漂泊，然此刻，她心頭莫名地，橫壓著鬱鬱的失落感，不知此生要立足於何處，才能是自己真正的家鄉。在她寂寞蒼涼的心境裡，彷彿這一生永遠只是個借住者。

在異鄉的日子，她菸抽得更兇了，總是一本書、一支菸，陪伴著她逐漸凋零的歲月。她的心，隱隱抽疼。慢慢地，她走入了童年無憂的歲月裡；慢慢地，她忘了回家的路；慢慢地，她忘了自己是誰。失智症，讓她走入了我們進不去的時空。

一個陰冷的冬天，公公在美國驟然去世，先生與大伯趕赴美國處理完後事，把婆婆帶回了台灣。去國多年，如今髮添霜雪，神情憔悴疲憊，顯然異鄉生活讓她在身心上受盡了折磨。

失去摯愛的她，生活頓失重心，失智症更趨惡化。她經常一個人開心地唱著童年歌謠，彼時，她笑聲輕揚，眼眸裡，倒映的是故鄉的藍天白雲，是院落裡的桂花香。時光之眼穿越過層層繁複的人生，如今，她又回到了童年的時光裡。

婆婆自幼出身富裕之家，家裡是鹽商，不愁吃穿，傭人前呼後擁，好不風光，十八歲高中畢業，嫁給正在讀大學的公公，公公家裡也是鹽商，正所謂門當戶對一家親；然而，幸福的日子沒過幾年，國共戰爭爆發，他們在烽煙戰火中，倉皇收拾行囊，離開老家，成了失親、失根的一代。

在海島落地生養孩子，生活一下子從優渥寬裕掉進一貧如洗的困境中，但婆婆從沒怨恨過，一肩挑起家庭重擔。公公在家鄉過慣了富家少爺的日子，來到台灣，雖在公家機關謀得一職，依舊不改其奢華本性，這個家只能靠婆婆一個人苦撐著。思鄉的愁緒，生活的艱困，無處不在折磨著她，從此她學會了抽菸。

回憶在時光中交錯流轉，記得當年嫁入夫家，我把女兒託給婆婆照顧，下班後再去接回。我經常在走進婆婆臥房時，見她靜靜地靠著窗邊，手中的一本書與半截未熄的菸，縈迴著時光裡的寂寞。夕陽從小小的窗台漫入，女兒在一張異常舒適的小榻上，睡得香甜，菸灰缸裡滿滿的菸蒂，是她所有的委屈與無從排解的情緒，見了叫人心疼。

這一切，彷彿是時光隧道裡的浮光掠影，不時地在我眼前倒帶。

「太太，妳有空過來一趟嗎？阿嬤這幾天一直說她眼睛看不清楚，大伯要我打電話給妳……」下午時分，安娜打了電話來，她是我們請來照顧婆婆的印傭。

掛了電話，我想一定又是像從前一樣，眼屎黏住了上下眼皮。我趕緊開車去藥局買了生理食鹽水和棉花棒，前往大伯家。婆婆從美國回來後便與大伯同住。這兒環境清幽，花繁樹茂，她喜歡這寧謐的宅院。

走進客廳，婆婆躺在沙發上，一個人開心地唱著兒歌〈妹妹背著洋娃娃〉，失智後她總是重複地唱著同一首歌，她的心智又回到了童年。當年抱著孫女的她，如今已一頭花白髮絲，拿著菸的手，布滿了老人斑與皺紋。

我拿出從藥房買來的藥品，把她從沙發上扶坐起來。

「咦，姊姊妳怎麼來了？」失智後，婆婆見了我，總把我當成她家鄉的姊姊了。正在燒飯的安娜，聽見我的聲音，趕緊從廚房出來。

安娜幫我扶著婆婆的頭，我輕輕地用棉花棒沾著生理食鹽水，清洗她被眼屎糊住的眼皮，一遍又一遍，直到她的眼皮能完全打開為止，安娜在旁邊仔細地看著。

「看見了，看見了，好清楚啊！」不一會兒功夫，她像個孩子般，開心地手舞足蹈著。婆婆從小就是丹鳳眼，老了，眼皮塌了，很容易就讓眼屎糊住了睜不開。我交代安娜記得每天早晚幫她清洗兩次。

擦完眼睛，我讓安娜帶婆婆去洗澡，看著她的身影，背佝僂了，腳步慢了，不愛說話了，枯黃的頭髮像冬天的一撮乾草，雜亂無序地散落在肩頸，我這才發現，她變得好老、好老。回想起來，她的病情急遽變化，是在公公去世之後。

「媽，我要去接孩子放學了，明天再來看你。」我湊過身去摸摸她的臉，空氣中瀰漫著洗髮精的香味，安娜正在幫她吹著剛洗過的頭髮。我正要起身離開，她哭了起來：「姊姊不要走啊，我要姊姊，我要姊姊……」她拉著我的手不放。「姊姊要去上班賺錢，給妳買漂亮衣服啊！」我哄著她。

「我想媽媽，姊姊知道媽媽去哪裡了嗎？」她哭得更厲害了。「好，妳不哭，姊姊現在就去找媽媽，明天天亮，媽媽就回來了。」一時間我的鼻子酸楚，不忍再看她一眼，轉過身，我關上了門。

回家的路上，南來北往擦身而過的車子，亮閃忽隱忽現的燈光，照在蒼茫的路上。我想起，婆婆還未失智前，我們經常一起走在月光下，她總開心地跟我說著家鄉的事，如今這些事跡殘片，在我腦海裡竟是如此的清晰。

人生如海上行船，船過水無痕，她將過往還給大海，不帶走一朵浪花；或許遺忘，也是另一種生命的圓滿吧！

家

窗外的雨無精打采地下著，廚房的瓦斯爐上正燉煮著一鍋養生雞湯，電鍋裡的十穀米隨著呼嚕呼嚕的水蒸氣彈奏著單調的音符，這麼多年來，它經常是支撐著妳一天的精神與身體的糧食。

三房兩廳的房子，一個人住顯得空空蕩蕩，客廳的電視，許多年沒有打開過，L型橘色真皮沙發，曾經是先生的最愛，如今冷冰冰地躺在客廳的一角，只有在農曆新年，孩子回來的時候，才能找回它短暫的溫度。

曾經每到傍晚，餐桌上坐著一家四口，剛燒好的飯菜，總是一端上餐桌，就被搶個精光，客廳的沙發上，更有一家人談天說地的快樂時光，那難忘的滋味，像浸過糖汁的蜜李，甜蜜且溫馨。對妳而言，幸福圓滿是簡單到不能再簡單的願望。

沒幾年光景，先生因病去世，孩子北上唸書與工作，每到傍晚，妳就坐在客廳，呆望著大門，妳期待聽到孩子和先生開門的鑰匙聲，然而，妳清楚地知道，一切都回不來了，家，成了妳走不出的牢籠，妳成了渴望陽光的囚徒。妳站在窗台前眼淚撲簌簌地流，「念天地之悠悠，獨愴然而涕下」，妳不知此後人生該何去何從，真正的家，到底在哪裡？妳打開聖經，傾聽上帝的話語，期待祂能帶給妳繼續走下去的力量。

妳原本就喜歡文學，在孩子鼓勵下，又回到學校攻讀研究所，妳選修了喜歡的古典詩學、儒家思想，每天忙得不可開交，妳終於掙脫了桎梏著心靈的牢籠，心胸開闊，陽光和雨水都走了進來。

餐桌不知道從什麼時候開始，已經變成了妳的書桌，各種筆記、講義、課本、書籍、電腦和水杯、零食、各式各樣有用無用的雜物，毫無章法地散落一桌，地上堆垛了一疊一疊的書，走過去得小心翼翼。

妳坐在電腦前快速地敲打著鍵盤，趕著交出報告，桌上熱騰騰的雞湯，妳喝的心滿意足，朋友打電話來約妳吃飯，妳總說沒空，因為要趕作業，要看書準備功課，忙碌的生活從此變得光亮無比，亮得讓傷痛逃逸無蹤。

文學，像一把火，點燃了生命的熱情，更給了妳一個開闊的胸襟與生命的價值感。此刻，「家」又有了新的亮點，那小小的點，是一切新的開始。

白桌墊與紅圍巾

多年前的一個夏日午後，我去捷運站接妳，上了車，兩人沉默不語，妳簡單地問了一句：「他還好嗎？」我只淡淡地笑了笑。

回到家，先生已坐在了客廳，見了妳很是開心，算算從大學畢業至今，你們也近三十年沒見了，三十年中，我們已從青春飛揚走到了日暮黃昏，生命已不再光亮華麗，而是暮氣沉沉的晦暗。

癌末的先生，已形容枯槁，氣弱游絲，早已什麼人都不願意見了，卻感念妳遠從美國回來探視，終於願意走出房間見妳一面，他想，也許這將是彼此最後一面了吧。

兩天的日子裡，大部分時間，三個人只是靜靜地坐在客廳裡，幾乎沒有交談。拙於言談的妳，試圖餵食一些安慰的話語給他，如：「現在醫學很發達，很多癌症是可以醫治的。」或「很多癌末的病人，也奇蹟似的存活了下來，你要有信心，千萬不要被它打敗了啊。」妳劈哩啪啦地說了一堆加油打氣的話，然而，先生只是漠然地低著頭，不言不語。妳漸漸發現，曾經無比剛毅幾近傲骨嶙峋的他，早已失去了為生命奮鬥的意志，眼神中睥睨妳所說的一切。

妳不再說話了，只靜靜地坐在客廳的一角，默默地勾織著一件白色桌墊。窗外飛來一隻鴿子，咕咕咕的叫聲，寂寞且孤單，電視機裡的笑聲，迴旋在僵冷的空氣中，顯得詭異。妳偶爾抬頭看看我們，淺淺地笑了笑，又繼續低頭一針一針地編織，此時似乎任何言語已屬多餘，許多話已是欲說還休了。

妳手中的白色桌墊，那份白，像極了先生慘白的臉，沒有生命的喜悅，沒有亮麗的顏彩，像水面翳光，捉不住一絲依靠，是否還能再編織出另一個繁華的夢？我泫然淚下。

記得年輕時妳曾對我說：「老天爺真的太不公平了，功課那麼爛，條件又沒我好，居然老天讓妳碰到了這麼好的老公。」至今我依然記得妳微帶戲謔的表情，我想此刻，生命真的是公平了。

我開車送妳到捷運站搭車，下了車，妳抱著我痛哭，告訴我，要學會堅強，等先生走後，到美國來散散心，然而，我只是一直哭，一直哭……，天地無言，但妳明白這一切。

在妳回美國後不久，先生病逝於安寧病房，但我並沒有打電話告訴妳，我想，所有繁花似錦的夢最終都要隨水飄零，就讓一切的美好都留在回憶裡吧。日子又恢復了恆常，傷痛，像日曆般，一張一張，在歲月中撕去。

今年春天妳從美國回來探親，我們相約見了面，妳親手編織了一條紅色圍巾送我，妳說這一針一線裡，有妳深深的祝福與關懷，希望我好好珍惜。這些年，白色桌墊總像夢魘般，在心頭縈繞不去，如今在這乍冷忽晴的春光裡，這條紅色圍巾，為我帶來了許多溫暖。

兩個十八歲的眷村女孩，相識於大學宿舍，科系不同，卻因生長背景雷同而成了莫逆之交。

我們從十八歲的春天走來，如今走在秋天的暮靄裡，未來的冬天，陽光是否依舊帶著暖意？餘暉是否依舊燦亮如昔？當年在宿舍裡，拿著吉他唱著（All I Have To Do Is Dream）夢想著美麗愛情的兩個女孩，在走過一段不為人知的心路歷程之後，如今依然在忙碌紛擾的人世間，繼續努力地往前奔跑。

妳編織的作品如今已可媲美大師，我則走進了文字裡，不一樣的天空，卻有著我們自得的歡喜。想來，這仍是個可愛的生命，值得我們繼續編織著美麗的夢想。

永遠的爸爸

過年期間帶著孩子去先生的墓園，出門前，女兒帶著她從台北帶回來的公雞玩偶，我問：「為什麼要帶這玩偶去墓園？」她笑笑說：「今年是雞年，帶去給爸爸瞧瞧這可愛的公雞，順便讓他聽聽公雞的叫聲啊。」

這就是先生最喜愛的女兒，有人說，女兒是爸爸前世的情人，從小先生就疼她，她善體人意，乖巧聰明，尤其難得的孝順，在先生癌末的那十個月裡，她每個星期五竹科下班後就坐高鐵回高雄，沒有一個星期缺席過，在先生最後昏迷住進長庚的那一個月裡，她要跟公司請一個月的長假回家照顧爸爸，但是她的工作繁忙，公司無法讓她請那麼長的假，她跟主管說：「如果不能請長假，我就辭職，因為工作可以再找，爸爸只有一個。」主管被她的孝心感動，讓她回到高雄陪伴著她的爸爸走完人生最後一程。

先生在轉到安寧病房的時候，因為癌細胞已經侵犯到腦，所以已經意識模糊誰都不認識了，可是當我問他：「站在你身邊的這個女孩，你還記得嗎？」他居然點點頭說：「這是我的女兒啊。」女兒好開心，爸爸還認得她。在教會的告別式上，她製作了一段影片紀念她從小敬愛的爸爸，坐在台下的我看著螢幕上的一家人，早已泣不成聲。

如今走過許多年沒有爸爸的日子，我們已將一切的不捨永遠放在了心中，每年走進墓園，彷彿依然能看見他的身影圍繞著我們身邊，從不曾遠去。人生如果沒有別離，相聚的日子也就不再珍貴了，我感謝這些年生命給我的磨難，漂泊的歲月，給了我豐富的另一個人生，人生總有失去的傷痛，也總有另一個豐盛的應許，生命是滄桑，卻也是繽紛。

我們都會經歷生命中的繁華與哀愁，生命有相聚就有別離，有快樂就有憂愁。若你問：「妳悔不悔來這一生？這苦難的一生？」我會說：「因為曾經走過美好，所以無悔，生命雖然有苦難，但也有快樂的天堂。」

女兒嫁了一個好丈夫，我找回了文字的天堂，兒子開心地在自己的工作上，我們原本的一家四口，走了一個爸爸，來了一個好女婿，現在依然是一家四口，一起過著幸福快樂的生活。

甜蜜剪髮記

「媽，我去巷子口剪頭髮，一會兒就回來喔。」在北部工作的兒子，難得放假回南部。

「記得交代阿姨不能剪的像個鍋蓋，那會像小瓜呆一樣，不好看喔。」正在廚房洗碗的我，故意揶揄了兒子一番，兒子笑著回我：「人家理髮店的阿姨，可是學過的呢。」

看著他離去的背影，想起了當年那個乖乖坐在客廳的小板凳上，一顆頭任我擺佈，經常被我揮刀亂剪成狗啃頭或小瓜呆頭的小男生，如今已是身高一百八十公分，有著壯碩體型的大男孩了。

二十多年前的一個夏天，我突發奇想跑去美髮材料行買了一把頭髮專用剪刀和一塊塑膠圍脖，準備從此包辦兒子的剪髮工程，心想，剪髮有什麼難，不就是把長的剪成短的嗎？

一天傍晚兒子放學回家不久，我拿了一個小板凳叫他坐下，準備開始幫他剪頭髮。兒子一臉狐疑：「媽媽，妳會剪嗎？為什麼不去給理髮店的阿姨剪？」

「剪一個小小的頭要一百五十塊，好貴啊，我買一把剪刀和一塊塑膠圍脖才六百塊，剪四次頭髮就回本了，以後可以省下好多錢呢！」我想節儉不等同於吝嗇，只要能勤儉持家，就是美事一樁。女兒在旁見狀，不以為然的說：「媽媽妳真的會剪嗎？人家阿姨是有學過的喔。」

「這有什麼難？我上次陪妳爸爸去理髮店，在旁邊偷學了一下，不過就是上面剪剪，下面剪剪，左右兩邊修一修就完工啦。」我們常常會把自己所看到的一些事，誤認為理所當然，但其實那都只是我們的「想像」，與事實相去甚遠。此時兒子已乖乖地坐好，我拿起剪刀開始了生平第一次的甜蜜剪髮記。

當我揮舞著剪刀「喀嚓，喀嚓」把前後的頭髮修剪好，準備開始修剪兩側頭髮時，一個不小心，一刀下去剪太多了，嚇得我趕緊再去修剪另外一側，好讓兩側頭髮長度對稱。當下的我額頭猛冒冷汗，女兒似乎也看出了端倪，輕聲地在我耳畔說：「媽媽，大事不妙了。」她越說我越緊張，顫微微的手一會兒修這邊，一會兒修那邊，最後兩側頭髮被我越剪越短，真像一個鍋蓋，蓋在他的小腦袋瓜上，女兒再也忍不住，咯咯咯笑個不停：「媽媽，你把弟弟的頭髮剪成像一個小瓜呆了，真的太好笑了，好醜，好醜，哈哈……！」兒子聽了，一溜煙跑去照鏡子，竟然就站在鏡子前面哇哇大哭起來。

「我明天不要上學，好難看的頭髮，同學會笑我像個小瓜呆。」他鼻涕眼淚一把一把地流，重複說著相同的話語，我這才知道隔行如隔山，任何技術不是一蹴可及的啊！

有了這一次慘痛經驗後，我去書店買了一本美髮雜誌回來研究，當然，兒子依舊成了我的實驗品，我從一次次修剪的過程中，慢慢地磨練出了好手藝，從此我成了全家人的理髮師，一直到先生去世，孩子離家求學，我這家庭理髮師的工作，才正式地劃下了休止符。

如今兩個孩子都在北部工作成了上班族，走入暮年的我，依舊在黃昏裡守著這間老宅，那些年「喀擦，喀擦」的剪刀聲，伴隨著坐在小板凳上的甜蜜身影，是我回憶中最美的一幀風景，它像含在我口中的一顆糖，每一滴滋味都是無比的香醇。

在我們的人生裡，不時眼睜睜地看著一些珍貴的事物一一離去，縱有百般的不捨也只能藏在自己的心頭。如今回想，那些年一家人的甜蜜互動，應該是這個屋子最燦亮最像個家的時候。

深情走廊

人間走遍卻歸耕

嫂嫂是美濃客家人，老家座落在一片綠野田疇之中，在遠山藍天依傍之下，有著遺世獨立的桃源景致。

在父母相繼辭世後，嫂嫂與手足便將田產租給當地人種植作物。近年散居各地的兄弟姊妹均已退休且身體日趨孱弱，大夥兒決議將其中一塊農地收回，蓋了一棟兩層樓的莊園，作為聚會與安居之所。

莊園內有一個頗大的庭院，眾人在前院種了棵榕樹，沒幾年便蓊鬱成蔭，後院的小花圃有玉蘭花、玫瑰與野薑花，這些花在清風吹拂下，馥馥郁郁，讓人不禁想起杜甫「遲日江山麗，春風花草香」的詩句來。

兄嫂閒暇時會利用一旁的空地栽種蔬果，每當作物成熟便採摘予我們分享。我們也經常受邀來此一遊，短短兩小時的車程，就讓人遠離了城市的喧囂，那滿眼的綠意，彷彿瞬間能將胸中所有的鬱悶都廓清了。

鄉間陌上的春草、田間的綠禾，是一種對幸福歲月的祝福，蟬聲、鳥鳴、榕蔭、清幽淡遠的花香，折疊了生命裡的每一寸美好。你可以無所事事地坐在田埂上聽蛙鳴賞飛鳥，只任風吹過水流過，恣意地享受著一個人的寧謐時光；你可以爬過一個小山丘眺望整個農村風貌，在美麗的夕陽下繾綣流連，感受時光裡的和緩、悠長；更可以戴著斗笠提著菜籃，穿梭於菜園與瓜棚裡，當一日農夫，享受悠閒恬靜的農村生活。我想陶淵明筆下「曖曖遠人村，依依墟里煙」，寫的就是這般安然澄靜的心情吧！

農村不受汙染的好山好水與悠緩的生活步調，確實引人入勝，嫂嫂力勸我們不妨遷居於此，養雞種菜，自給自足。大家興致高昂，你一句我一句熱烈地討論著……

你我一生倉皇行踏，所謂何來？走入桑榆暮景，人生的舞榭歌台即將落幕，當紛華盡去，不妨讓我們學習南宋詞人辛棄疾，回到大自然裡尋回一個適切的自在天空，過一個「宜醉宜遊宜睡」、「管竹管山管水」的安逸生活吧。

雨中即景

連日來雨勢不歇，出門成了一件苦差事。窗外天陰得沉，眼看又將是一場傾盆大雨。打開冰箱已無存糧，我趕緊拿了雨傘，趿一雙拖鞋，超市買菜去。

走進超市，人聲沸揚，由於大家預期連續豪雨過後菜價必漲之理，因此冷藏貨架上的蔬菜幾乎已快被搶購一空，我趕緊順手搶了兩把葉菜。氣象預報大雨還要持續數天，為了安全起見，我買了大約一個星期的食材備用，看著手中沉甸甸一大袋的菜，心想，這幾天可以安心窩在家裡看書不用出門了。

走出超市，天空烏雲密布，看來即將又是一場豪大雨，我趕緊加快腳步往回家的路上。行經住家旁的小公園，有些低窪處已開始積水，公園外圍的紅磚道上一窪一窪的水讓人寸步難行，為了避開這些小水窪，我撐著傘，手提著一大袋的菜，一會兒繞到東，一會兒繞到西，還時不時得小跳躍一下，像在雨中跳探戈，正當我在積水中左彎右拐，一個踉蹌差點摔倒，低頭一看，當場傻眼，原來右腳的拖鞋斷掉了。

立在雨中的我不知所措，正當思忖著是要脫掉鞋子？還是拖著半殘的拖鞋一拐一拐地在雨中漫步回家？此時，天空忽然下起豪雨，一時風狂雨驟，斷掉的一隻拖鞋瞬間被大雨沖走，手中的傘被狂風吹得東倒西歪，風雨夾殺下，頃刻間被淋成了落湯雞，看看自己這副狼狽樣，只有一句李清照的詞可以形容～淒淒慘慘戚戚。大雨中，我與雙腳面面相覷，心想此刻除了脫掉另一隻拖鞋，也委實無法可想了。

光著雙腳走在雨中，是這輩子從沒有過的慘痛經驗，地上的積水，夾雜著樹葉、污泥、垃圾讓人作噁，此時一坨狗大便悠悠揚揚地從我面前漂過，嚇得我驚聲尖叫，差點腿軟。

心中不斷抱怨這鬼天氣不知道還要持續多久？好端端的鞋子為何會在這個節骨眼裡突然斷掉？正當懊惱之際，蘇軾的一首詞：「莫聽穿林打葉聲，何妨吟嘯且徐行。」彷彿給了自己當頭一棒，我豁然了悟，凡事境隨心轉，心轉了，境也轉了。當下，焦躁的感覺全消散了，我放開胸懷，愉悅地撐著傘光著腳丫子在水中翩然起舞，像一隻張開翅膀正在陽光裡嬉鬧的小精靈。原來，心情的好壞都是自己給的。

走進大廳，管理員見我手中拎著一大袋的菜，全身被雨淋得濕答答的狼狽樣，趕緊過來關切，當他發現我居然光著腳沒穿鞋子，訝異地問：「妳下雨天出門都習慣不穿鞋嗎？」

我哈哈大笑說：「鞋子突然在半路壞掉，一不小心瞬間被雨水沖走了，所以只好光著腳丫子走回家，不過雨下得這麼大，穿了也等於沒穿，光腳走在雨中還真是挺新鮮的呢！」提著菜，軒昂地走進電梯的同時，他舉起大拇指給了我一個讚。

Gene Kelly的一首老歌「Singing In The Rain」迴旋在耳際，讓人心生愉悅。也許我們該給這個世界多一點點耐心，濕答答的心情終究會過去，就像天空一定會放晴一樣。

歲月中的女人

「生得漂亮是本錢，把錢花得漂亮是本事。」走進超市買菜，當我眼神專注在一堆菜上的瞬間，聽到這一句新的廣告詞，不覺會心一笑。

回家後，我反覆思忖著這一段話，到底「漂亮」對女人而言，它真正的意義是什麼？女人又如何能把錢花得漂亮，而不委屈了自己？我想絕大多數的女人到了我這把年歲都怕變老，然而，歲月執行老化的速度，從來都不含糊，當你還沒準備好去面對人生的另一段旅程，它就以迅雷不及掩耳的腳程，來到了你的跟前。

十八歲花樣年華的女孩是怎麼看都美，素淨的一張臉，不須塗塗抹抹，自然就能散發無敵的清純美貌，三十歲一到，妳可能就開始需要一支口紅，讓日漸失去光彩的臉龐，加添一點亮麗的色彩，好讓自己站在梳妝台前，依然可以高聲唱著「我還正年輕」。四十歲生日蠟燭剛吹完，才發現蠟黃的肌膚、黑斑、細紋不知何時已悄悄爬上了臉龐，向妳正式宣告青春已遠颺。妳開始驚慌失措，於是玻尿酸、肉毒桿菌、淨斑雷射、脈衝光……等等微整型，從此成了妳的青春護身符。

妳很得意暫時抓住了一點青春的尾巴，然而，當妳脫光衣服站在鏡子面前，仔細端詳自己日趨變形的身材，妳不禁嚎啕大哭，原來傲人的雙峰、蜜桃般的翹臀、碧姬芭杜的小蠻腰，早已隨著無情歲月逃逸無蹤。

妳驀地惆悵起來，終於認清了現實，「只有懶女人，沒有醜女人」「買名牌，不如練身材」，這兩句話如雷貫耳，時時提醒著妳，原來，崢嶸的青春，早已悄悄遠離，歲月的歌，輕輕唱著荒腔走板的曲調，在妳不經意的瞬間。

妳終於走進了健身房，開始了自我魔鬼訓練，妳在跑步機上揮汗如雨，發誓要把自己的小蠻腰找回來，妳報名瑜伽課程，用幾近凌遲的方式，把身體像橡皮筋般扭過來彎過去，希望能雕塑出一個藝術家的極品。

五十歲生日蠟燭一吹，妳慶幸自己身材，差不多快要回到了年輕時的模樣，六十歲生日快樂歌，妳唱得悠悠揚揚，然而，鏡子前一站，妳總覺得少了哪一味？妳左思右想，原來，是那份優雅從容的態度與雋永的智慧。妳恍然大悟，原來女人真正的美，是妳一舉手一投足的那份自信，與豐沛內斂的氣質涵養，那是從閱讀從文字，才能淬煉出來的啊！妳心頭一怔，終於懂得了，原來，女人真正用來治療衰老的良方，是氣質，是文字，是書本。

超市的新廣告詞：「如何能把錢花得漂亮？」他們的訴求是在他們的商品，妳的錢花在哪裡，妳覺得最值得，也最漂亮？走入暮年的我，已不再追求精雕細琢的外貌，我用閱讀餵養心靈，不再做庸愚的俗眾，拘囿於世俗的眼光裡。當我走出了時光的圍牆，生命也就走出了另一片亮麗的風景。

陽光毫不吝惜地灑落在我窗前的那一大片透明玻璃上，我仰望著時光，靜靜謐謐地流淌在窗外，那充滿著綠意的偌大公園裡，鞦韆上的孩童，酡紅的臉頰上漾著稚嫩的笑語，我看見的是一個春天的喜悅生命。我嫣然一笑，終於懂了，在無盡的漫漫歲月裡，生命的興衰起落，自有它的定律，該來的總會來，該去的終會去，且讓我們在傷懷中，擁有另一種不染塵俗的天真吧！

滅蟑記

和朋友相約去一家知名連鎖餐廳用餐，這家餐廳以茶香入菜而聞名，為了省錢，我們合點了一份套餐，還特地選了最便宜的，一客三百九十八元，加一成服務費，我有貴賓卡打九三折，算算一個人大約只要兩百元出頭，心想，省下吃飯的錢，等一下去書店就可以多買一本書了。

時值週末，餐廳內座無虛席，人聲鼎沸，好不熱鬧。我們被安置在靠牆的座位，雖顯擁擠，也只能將就點。

用餐不到一半，牆角爬出一隻蟑螂，不算大可也不小，橫行在我們餐食之間，朋友見狀，嚇得驚聲尖叫，快速逃離在旁邊走道上，我立刻用紙巾捏死，然後包好放在桌上，朋友驚慌失措地在走道上，歇斯底里地大叫：「這麼大的知名餐廳，怎麼會有蟑螂，我是從小到大只要看到蟑螂老鼠就會昏倒的人，我不要吃了，好噁心，我要吐了……」。

兩個年輕的服務生見狀，連忙趕過來，欲了解詳情。朋友站在走道上，把剛才說的話，氣急敗壞地再說一遍。聽完，兩個女生不吭一聲，走了。

「快坐回來吃飯吧！蟑螂又不是從菜裡面跑出來，哪家餐廳沒蟑螂啊？出來吃飯，妳就不要想太多，否則餐餐只能在家自己煮了。」我依舊低頭吃我的飯，她依舊站在走道上，歇斯底里地一遍又一遍大聲嚷嚷，重複著差不多的話語，餐廳裡的客人，似乎見怪不怪，看了我們一眼，沒人理會。

不久，兩個小女生帶來了店長，我把事情經過告訴了他，他非常有禮貌的跟我們道了歉，說明以後會注意衛生問題，並且免了我們今天的餐費，再加送一人一個蛋糕，且立刻幫我們換了位置。他不慌不忙地安撫了朋友的情緒，其熟稔的程度，讓我吃驚，我想他是這種場面看多了，早就知道怎麼應付了。

朋友總算坐了回來，好奇地問：「妳怎麼不怕蟑螂，還一手就打死了牠？」

「為母則強，沒聽過這句話嗎？我以前小時候也怕蟑螂，當我們大叫有蟑螂時，我媽總是很勇敢地拿起拖鞋，就給牠當頭一棒，蟑螂立刻奄奄一息。當時我們就覺得，媽媽好勇敢，真的什麼都不怕。」

我想起女兒還小的時候，有一次在客廳看見了蟑螂，她嚇得大叫：「媽媽，這裡有好大的一隻蟑螂，還會飛。」以前的蟑螂，又大又會飛，真會讓人嚇得魂飛魄散。女兒躲在我的身後，我故作鎮定的說：「別怕，有媽媽在。」其實我早已兩腿發軟，手腳無力了，但在女兒面前，我必須像超人，無所不能。我拿起腳上的拖鞋，一個箭步就把牆上的蟑螂打死了，如果遇上滿屋子飛的蟑螂，我就用殺蟲劑對著牠噴，非得趕盡殺絕才罷手。當女兒看著死在地上的蟑螂，拍拍小手說：「媽媽好棒好勇敢，連會飛的蟑螂都不怕耶。」此時的我，早已嚇得虛脫跌坐在地上。那已經是三十年前的英勇事蹟了。

兩個人走出餐廳，開玩笑說：「早知道不要錢，就不要省，一人點一客套餐，吃得多開心啊！而且要點最貴五百多塊錢的。」哈哈，千金難買早知道，算來算去不如不算，一個誤闖美食天堂的小蟑螂，犧牲了自己，成全了我們一頓免費餐食，到底誰幸誰不幸？

「去書店買書吧，兩百多塊，可以買到一本書耶。」朋友開心地說著，而我，想起了桌上那隻可憐的蟑螂。

冬天的咖啡館

初冬的午後，開車來到位於西子灣的Starbucks，這間星巴克號稱是全高雄景觀最美的咖啡館。尤其日落時分，滿天的霞光拓印在海面上，波光瀲灩，好不迷人。

我買了一杯咖啡，上了二樓，選了一個窗邊的位子。我喜歡一個人在這樣寧靜的時光裡，坐在角落閱讀咖啡館裡的人生，個個若有所思，又個個互不干擾，不同的人生情貌，不同的人生風景。窗外港灣上散漫行走的船隻來了又走，迴旋在風中的落葉，形單影隻，在這蕭瑟的初冬，有著花開花落，人來人走的悵然。

旁邊靠窗的座位上，一個落寞的身影深深吸引著我的目光。他是一名年約七十多歲的長者，氣質溫文儒雅，身型削瘦臉色略顯蒼白。手上捧著一本厚重的精裝書漫不經心地翻閱著，桌上一份巧克力蛋糕已吃了一半、散落的杯子、雜物、筆記本，訴說著時光裡的寂寞。

窗邊的一抹暖陽，斜斜地灑落在他捲曲的身軀上，他的眼神時而遠眺窗外港灣上的行船，時而神情落寞地低頭沈思，輕愁如霧般在他的眼眸深處飄動著。和煦的陽光，不時地擾著他的眼，擾著他書上的字句，不一會兒他竟然就坐在椅子上睡著了，那本厚重的書靜靜地躺在手心裡。

天色漸漸暗了下來，此時服務生來到他的座位旁叫醒他：「教授，天快黑了，你要準備回家囉，下次有空再來吧。」服務生邊說邊幫他整理好桌上的書本與雜物，然後放進他掛在椅背上的手提袋裡。顯然他經常來此咖啡館打發時間，服務已熟悉了他的生活步調，老教授起身穿上外套，說了聲謝謝，拿著手提袋，步履蹣跚地走出了咖啡館。

我看著他，心中悵觸萬端，難道這就是孤寂的老年歲月嗎？「生者為過客，死者為歸人。天地一逆旅，同悲萬古塵。」李白的這首詩，多麼讓人傷懷啊！

當年陽光下燦亮繁盛的生命，已隨滔滔逝水而去，如今生命似夕陽裡最後一抹殘紅，逐漸隱沒於闃寂無聲的黑暗中。看著他寂寞的背影消失在港灣的盡頭，我無端想起離去多年的父親，以及母親院落裡滿地的落花。

咖啡情緣

比起往年，今年的冬天在一陣寒流過後，就快速滑過了冬季，與初春的暖陽撞了個滿懷。

住家公園附近有一小咖啡館，以咖啡著名，是許多上班族最愛逗留的地方，也是我除了家以外，另一個看書寫東西的所在。趁天氣暖和，我帶著兩本剛從博客來買的書，在靄靄暮色裡，來到這間小咖啡館。

推開咖啡館的門，才發現整間咖啡屋瀰漫著濃濃的耶誕氣氛，咖啡香與溫馨的耶誕裝飾在暈黃的燈光下，為人們帶來了一抹暖心的詩意。十二月的咖啡館很耶誕。

咖啡館為一對中年夫妻所經營，倆人食素多年。有著俊逸氣質的老闆，父親為一出家人，我經常會在咖啡館裡看見他父親與同修一起來用餐。聽他說，父親對佛學鑽研頗深，在孩子們陸續長大，成家立業之後選擇了出家為僧。或許每個人的心中都有一條湧動的河流，將他帶往他應該的去處，出家修佛，也許是前世的因緣吧。他的母親，我在咖啡館有過數面之緣，個性活潑開朗，是一位可親的長者。

以前還沒去屏大唸書時，一個人很喜歡來此看書寫東西，香醇的咖啡，輕柔的basanova音樂，讓人迷醉，我經常一坐就是兩三個鐘頭。我喜歡坐在靠窗的位置，看天邊雲朵堆聚，觀院落粉蝶梭遊，那美帶著時光裡的慵懶。

我一個朋友經常開車來此，就只為了喝一杯他們烘培研磨的咖啡，可見它無敵的魅力。與老闆相識多年，記得多年前一個午後，我在咖啡館寫東西，當時店內客人不多，他得空特意研磨了一小杯咖啡請我，他說這是新品種的咖啡豆，剛研磨出來，香醇好喝，要我試試看。我把咖啡先含在口中一會兒，再慢慢從咽喉滑入，瞬間那留在齒間的香醇，讓人心情彷彿被蒙上了層層糖蜜，撫慰了身心的蕭索。從不愛喝咖啡的我，從此愛上了咖啡館的濫情與言不由衷。

我喜歡在這裡閱讀人生風景，我寫他們的故事，也寫自己的故事，每一杯咖啡，都流轉著一則生命隱喻，它細細密密地，鋪在咖啡館的每一個角落裡，也許心酸也許輝煌，當故事走遠了，還會有許多則跟妳毫無關係的故事，正敲鑼打鼓地開始著，就像，一杯咖啡喝完，還會有一杯熱騰騰的替上。

菜市場的人生

每天早晨，我喜歡在住家附近的傳統市場買菜，因為離家近，且位在一個大公園的旁邊，買菜兼運動，成了我每天早晨的快樂時光。

走進傳統市場，一攤一攤陳設在架上水嫩嫩的蔬菜水果、新鮮的魚肉，吸引著菜籃族的目光，大家駐足在攤位前細細挑選所需的物資，攤販與客人之間的溫馨互動，噓寒問暖，彷若老友一般，買菜成了彼此情感的交流，這濃濃的人情味，在疏離冷漠的現代社會中，是多麼地讓人覺得溫暖啊！

今天來了一個新的攤販，是一對中年夫妻，兩人看來溫文儒雅，謙和有禮，和旁邊大聲吆喝叫賣的小販，無疑是兩幀完全不同的風景。木板架上放置整齊的男生運動上衣與襪子，讓我想起，兒子的運動衣快破了，也差不多要換新的了。

我往攤位前走去，夫妻兩人見狀立刻笑臉迎來，先生熱情招呼：「我們賣的運動上衣是純棉的，穿起來很舒適，價錢很公道，一件三百九兩件六百五，妳摸摸看這質料真的很舒服喔！孩子多高、體重多少，我幫妳找適合的尺寸。」夫妻倆你一句我一句地熱心解說。

最後我挑選了兩件不同花色，XL的，問說：「我回家比比看，若尺寸不合，下次拿來換可以嗎？你們每星期幾會來？」

「我們每個星期二和四都在這裡擺攤，如果不合就拿來換，沒關係的，只要標籤不要拆掉就好了。」他聲音沉穩，帶著理性。我付了錢，拿了包好的衣服準備離去，先生突然叫住我：「小姐，如果下次來沒有妳要的尺寸，妳可以換襪子或我印製的歌本，一本一百塊就好。」他邊說邊從地上的一個大塑膠袋裡拿出了一本歌本給我看。

「裡面的詞曲都是我寫的，我以前幫唱片公司寫過詞曲，現在景氣不好，很多唱片公司都關了，我也就比較少寫了，這裡面都是未發表過的作品，喜歡的話，可以買一本回去。」他開心地說著。我拿過來翻了一下，都是一些新歌。「我不懂曲，但你詞寫的不錯，為什麼不繼續投稿到唱片公司試試看呢？」他靦腆地笑著說：「現在的唱片公司，都有自己專屬寫詞曲的人，我已經沒辦法去跟這些年輕人競爭了，沒關係啦，我每天在菜市場擺攤的時候，就順便推銷自己寫的歌本，還常常會碰到一些有緣人，喜歡我寫的歌呢，在菜市場擺攤可以看到人生百態，這也是一種生命的學習，沒什麼不好啊。」他嘴角一絲淡淡的微笑，帶一點憂鬱。

在人生的歷程中，有晴天也有雨天，等待陽光，是最折磨的等待，然而，天下沒有永遠陰霾的天空，只要讓生命的太陽自內心昇起，你就能感受到日出的喜悅。

我付錢買了一本，不一會兒，旁邊又來了新的客人，他開心地跟我說了一聲謝謝，轉身去招呼別的客人去了。我看了看手中的歌本，泛黃的封面上，有他燦爛的笑容。

走在回家的路上，經過住家旁的小公園，倏地吹起一陣風，拂動樹梢，落葉隨風在艷陽下迴旋飛舞，姿態真是美啊，誰說落葉是蒼涼的呢？我仰首觀看，心中頓悟，原來，他的燦爛笑容來自於他人歡喜的迴射，我想，凡事想通了，道路就在眼前。

幽黯的安養院

好朋友在家不小心摔了一跤，由於單身無人照顧生活起居，因此住進了自家附近的安養院，幾個朋友相約前往探視。大家都沒有去過安養院探病的經驗，當我們走了進去，才發現它其實就像一座監獄，你的身體與靈魂被箝制在歲月的深淵裡，不見天日。

由於時值傍晚用餐時分，因此大廳的走道兩旁，排放了許多坐在輪椅上等待用餐的老人，兩名外勞正在大桶子裡盛著飯菜，他們沉默地相視對望，臉上沒有一絲表情，生命至此，好似已走進了風燭殘年的晚年，讓人不勝唏噓。

當我們向大廳櫃台打聽朋友的病房時，坐在輪椅上的老人，一個個轉頭茫然地望著你，似乎像在乞憐著什麼，是想家嗎？還是期待能看到自己的家人？他們整日被隔絕在幽暗的病房裡，窗外一絲絲暖陽對他們來說都是一種奢望，能健康自由行走的我們，對罹患重症且行動不便的他們來說是多麼大的傷痛啊。

朋友退休後健康每況愈下，但生活起居還能自理，無須假手他人，這次不小心在浴室摔了一跤無法行動，所以暫時住進了安養院，有人照料吃住，倒也解決了燃眉之急，但是病房內藥水味夾雜著說不出的酸腐味，讓人連呼吸都變得困難。朋友這一跤傷及腰椎無法坐輪椅，因此三餐均由外勞送至病房。朋友打開飯盒，我們一看，簡直難以下嚥，粗菜粗飯，連一塊肉都沒有，每天這樣吃哪來的營養？朋友說有時候偶爾會有一點肉，但是很難吃，我們看了真是心酸。安養院一個月要三萬多塊的住宿費，吃的簡直跟豬沒兩樣，朋友倒是胃口好，沒一下子就吃光了，我們真是佩服她的「不嫌棄」精神。

她的病房住了六個行動不便的老人，大多在床上睡著，幽暗的房間裡，一坨一坨捲曲著身子的老人，似乎在訴說著生命的無奈，其中一名老人，也許身體不適，難過地一直在哀嚎，卻無人理會也無家人照料，朋友說整天叫得讓人心煩，她每天需要靠安眠藥才能入睡，聽了讓人心疼不已。

有時候想想，人生最平凡最簡單的事，往往是最讓人感恩的事，我們感恩自己還可以自在的生活與行走，可以去到任何可以去的地方，吃自己喜歡的食物，做自己喜歡的事，也許白開水一般平凡的生活，才是最難得的幸福。我想，此刻，我的朋友一定是如此想著的。我們怕打擾太久，與她閒話家常半個多鐘頭後便離去。

離開了安養院，天色已黑，走在這人聲鼎沸，霓虹閃爍的繁華裡，安養院裡生命的無奈與蒼涼，讓人有了看盡繁華之後，生命終極的領悟。生命到了最後，似乎已沒了色彩，像一卷黑白底片，蕩漾在回憶裡。

回到車上，我們彷彿還能聽到那老人緩慢悠長的哀號聲，從身後飄來……。

鐵軌上的記憶

因為喜歡文學，我在走入暮年之際，又回到了青青校園。從高雄到屏東，開車大約一個鐘頭左右的車程就到了，然而，為了找回年少時，火車搖晃行走的那份深刻記憶，上學，我選擇了火車。

第一天上學，我沒有用捷運卡，而是去售票窗口買了一張火車票，當我持票走入閘門，站務人員在車票上剪下一道深深的洞口，頃刻，年少時出站、進站、旅遊、道別，重重疊疊的回憶，竟如此真實地湧現眼前。

走進月台放眼望去，候車乘客大都是學生，穿著校服，背著書包，稚嫩的臉龐上，漾著少年不識愁滋味的青澀笑容，我試圖從這群孩子的神態中，捕捉並拼湊出自己當年的一顰一笑，卻是那麼的遙不可及。

火車進站了，大家陸續上了車，面對面的長條座椅上，大家低頭自顧自地滑著手機，老的少的不分族群，玩起手指運動，以前大家手捧一本書，隨著搖晃車廂，埋頭苦讀的情景，已隨身後的鐵軌消逝於歲月的煙塵中。我環視車廂內的一切，想想，這竟也是另一種情貌的人生啊！曾經飛揚的年少，如今化為暖暖淚水，淺淺地滑過易感、傷懷的歲月。

我放下手中的書，拉開緊閉的窗簾，窗外燦燦亮亮的陽光灑落在那一片青翠的田野上，恬靜、脫俗，成了一幅褪去繁華後的澄淨之美，緩慢但不惆悵！我望著車窗外的景色，有著莫名的感動，彷佛所有的喧嘩翻騰都在此刻停了下來，一切休止在這片寧靜之中，那份寧靜沁入心脾，觸動著我，這氛圍，這景致，讓人想起詩人說的「竹杖芒鞋輕勝馬」，有一種洒脫的胸襟與因任自然的精神境界。

火車行經大樹路段，車窗外廢棄的舊鐵橋，在光影中迷迷離離，蒼涼而落寞。舊鐵橋下方，如今已被闢建為濕地園區，成為近年興起的觀光景點，舊鐵橋依舊安靜的佇立在風中，那令人不能忘懷的姿態，如山巒一般，有著堅實動人的風采，當繁華遠去，它像是大地上一座美麗的雕像，在寂靜的曠野鬆著一抹輕愁！

車窗外的景色，一幕幕自身後飛逝而過，一首童謠在腦海中浮現：「火車快飛，火車快飛，飛過高山，越過田野，不知飛過幾百里，快到家裡，快到家裡，媽媽看了真歡喜。」隔著迢遙的時空，年少的點點滴滴，片片段段，在悠悠歲月中褪成了一幅永恆的畫面，像一張張陳舊泛黃的老照片，鑲嵌在心扉的簾幕，觸動著我們沉睡已久的記憶。行進的列車中，窗外流動著人生的倒影，那些曾經熟悉的幻象，不斷地向我奔馳而來，瞬間一種難抑的悲喜在心中翻騰。

車廂內一個年輕媽媽，身邊帶著兩個年幼的孩子，孩子不安份地一會兒坐一會兒跑，橫衝直撞的喧鬧，那樣無從靜謐，無從悠緩，媽媽眼睛始終盯著孩子，深怕行進中搖晃的車廂，孩子一個不小心跌傷了。這情景讓我想起年幼時，母親經常帶著我們五個孩子，坐火車去台中姨媽家，我們沒錢買對號座，只能坐普通車，當火車進了站，還沒完全停穩，一群人便以危險的姿勢跳上火車搶座位，頃刻，這一列火車，擁擠，坐滿了乘客。

普通車的車廂裡滿是人潮，三教九流，老老少少，雜雜沓沓混在一起，有時候我們只能搶到一個座位，通常媽媽抱著還年幼的妹妹坐在位子上，然後把兩個布包行李放在地上讓我和哥哥姊姊四個人坐在上面，那是一段好遠的路途，但年幼的我們，心中卻是無比的興奮，我總愛趴在窗邊，看浪潮拍岸，聽山風鳴唱美妙音律。鐵軌交摩的聲音，時而低迴，時而高亢，當列車急駛，美麗的田野在窗外輕盈地移動，遠方像夢幻仙境一般地呈現在眼前，這是多久前的往事了？一數，五十年了，好似上一個記憶是五十年前一個年輕的母親拎著布包，帶著五個年幼的孩子，下一個場景就是此刻火車中，眼前的這個年輕媽媽和她的孩子。往事如煙，我有些許感傷，些許淡淡幽懷。

十八歲，我離鄉隻身北上唸書，每到放假日，看著同學都回家了，我就躲在棉被裡哭，我想念爸爸媽媽哥哥姐姐和巷子口的桂花香。二姐大我兩歲，二十歲結婚嫁到楊梅，知道我離鄉隻身在外，所以每到放假日就會打電話到宿舍要我去楊梅玩。因此每逢假日，我就開心地坐上開往楊梅的火車，擠在人群中，隨著火車晃晃盪盪，一站一站的數站名，當火車經過了中壢、埔心，我的心就開始歡喜跳耀，因為楊梅就要到了，出了火車站，二姐已經等在車站外面了。二姐的家在楊梅鄉下，遠離塵囂，房屋四周有一個好大的庭園，處處綠蔭，鳥語花香，在那孤寂的歲月裡，坐上開往楊梅的火車，總能安撫我年少漂泊無依的心，二姐的家，永遠有一盞燈為我點亮，給我帶來溫暖。

每當學期結束搭火車返鄉，家境好的同學，會選擇有位子坐的對號快車，家境貧困的我們，只能選擇普通車，車子一路顛簸搖晃，車程總要八個小時才能抵達，所以常常是火車一到站，月台上的一群人便奪窗而進，我們這些女生，手提著笨重行李，哪裡是男生的對手？所以當沒有座位的時候，就只能一路站著回家。那些年流離困頓的日子，生命像個鐘擺，在現實與理想之間擺動，但只要坐上回家的火車，一抹笑意便在心中暖然，因為終於可以返鄉和家人團聚了。

當我正沈溺於時光的迴廊中，不知不覺火車已到了屏東，下了車，我站在月台上，隨著鐵道的延伸前騁，驀地陷入一股悲悵的情緒，我懷念從前車廂裡摩肩抵肘，曳著黑煙，鳴著聲聲汽笛的老火車，如今站在現代化的車站月台，竟覺得似乎少了些什麼，我沿著鐵軌旁的月台緩步而行，在呼嘯而過的車聲中，慨嘆時光飛逝，倏地我已從黑髮飄飄走到兩鬢霜白，如今物換星移，人事已非，古人「飄飄何所似，天地一沙鷗」正刻畫著我此刻的心情。

搭便車的阿嬤

人生就像一趟旅行，讓我們在旅途中遇見許多微小的美好。這美好讓我們體悟到生命是多麼地華美，多麼地值得珍惜留戀啊！

一早出門辦事，我把車停在離公車站不遠處，事情辦妥準備回家，剛上車繫好了安全帶，一個年約七十多歲的阿嬤，也順手打開了我右側的車門坐上了我的車。我一臉驚惶地問：「阿嬤，妳是不是上錯車了？我們認識嗎！」她眼神閃爍著歉意，對我說：「小姐，不好意思，我跟同學阿玲約在火車站見面，但等了很久公車都沒來，我看快遲到了，剛好見妳走過來要開車，所以趕緊跟著妳上了車，可不可以麻煩妳載我一程，火車站離這裡不遠，直直開，大約十分鐘就到了。」

此時，我覺得自己像個計程車司機，她像是個付費的乘客，理所當然的態度，讓我哭笑不得，但見她心急的模樣又不忍心拒絕，只好交代她繫好安全帶，發動車子往火車站而去。

一路上我好心規勸：「阿嬤，記得以後和朋友約了時間，就要早點出門，這裡不是台北，公車幾分鐘就有一班，如果真的快要遲到了，就得搭計程車，妳這樣隨便搭便車是很危險的，萬一遇了到壞人怎麼辦？」她聽了，靦腆地笑著對我說：「我不會隨便搭便車的啦，我會看對象，妳一看就是個心地善良的人，不會欺騙老年人，而且老人家沒工作，哪裡有錢坐計程車，當然是能省則省了。」她的機伶總讓我剛到嘴邊的話，就莫名地被沒收了。我笑了笑，暗想這個阿嬤的可愛之處，也許就在這些口無遮攔的誠實吧！

車子很快地到了火車站，我靠邊停妥準備讓她下車，忽見前方不遠處，一個身形樣貌與她差不多，神色慌張的阿嬤，正在東張西望的找人。她見了，興奮地指著前方那位個頭不高，面容慈祥的阿嬤，開心地說：「妳看，就是她，那個穿藍色衣服的就是我同學阿玲，她昨天特別在電話中告訴我，她衣服的顏色，所以我一眼就認出來了，當年在班上我們倆感情最好，但初中畢業後就失聯了……。」她說話時，眼神裡閃爍著如星辰般的亮光，嘴角蕩漾著愉悅的笑紋，那春暖花開的好心情，瞬間也感染了我。我握著她的手輕聲地說：「祝妳們今天同學會愉快喔！」她跟我道了一聲謝，趕緊下了車，但沒走幾步又轉身用手比了一個YA，並給了我一個無比燦爛的笑容。

阿嬤的背影像隻胖胖又可愛的企鵝，在陽光裡一搖一擺的，漸漸地變成一粒飛揚的粉塵，消失在繁華的街景裡。年少時，唱完驪歌，兩人便各奔前程，如今歲月又將彼此牽起，儘管已白髮蒼蒼，然而，從年輕走到老邁的這份情誼，又是多麼難得的緣分啊！只是不知她年輕的時候，是否也如此癲狂呢？

車子迴轉上了快車道，一路往回家的路上奔馳，我望向窗外的景色，一棟棟高樓建築鑲嵌在美麗的藍天裡，有雲朵相伴，有柔風相依，那姿態像是在對我呼喚著什麼，充滿了傲氣，又有一種老年的怡然自得。

杜鵑山城

為了報考中文研究所，卻遍尋畢業證書未果，只好回學校申請重新補發。在一個陰霾微冷的春日午後，我走進闊別多年的銘傳校園，心情本該是興奮的，然而，當我靠近，卻有著近鄉情怯的茫然。

原有的舊校門依舊矗立在上山的坡道口，在昏暗的天色裡，顯得落落寞寞，這窄窄的坡道，曾經是我們上下學必經之地，如今成了車輛的專用道路。

當年，教官每天會站在這坡道的五角亭旁，檢查學生的服裝儀容，教官不會管我們裙子穿的有多短，只要服裝是符合學校規定的制服就好，至於我們的髮型是長是短，是法拉頭還是奧黛麗赫本頭都沒有限制，但就是不能戴耳環，記得當年愛漂亮的我也不知道被教官沒收了多少副，那些耳環可是我每天省吃儉用存錢買的，想到就心疼不已。

如今學校在坡道旁另建了新的大門，「銘傳大學」四個字鐫刻在黑色大理石上，高掛在校園的圍牆上方，讓行經中山北路上的車輛與行人，一看就知道這裡便是福山上的銘傳大學，一個在企業界頗受好評的學府。

我順著階梯往山上走，上百層的石階走得我氣喘吁吁，想起以前，每天在這山上的石階與坡道上，來往奔波，教室一會兒在山頭，一會兒在山腳，每天爬上爬下，每個人的腿都壯的像大象，一學期下來，毫不誇張，兩條大腿併在一起，中間居然沒有縫隙，但也練就了我們的好體力。如今，常常有人問我：「為什麼妳那麼瘦，兩條腿可並不纖細呢？」我都苦笑說：「該感激當年我們的包德明校長，在福山上建了這麼一個風光明媚的學校來鍛鍊我們的好體魄啊！」

沿著山路走，我終於找到了行政大樓，這棟三層樓的建築，好像在以前就是學校的辦公大樓，也許經過整修，如今已看不出它斑駁的歲月痕跡。站在這時空裡，我慢慢地恢復了一些記憶，曾經我們幾個同學，在這大樓前的空地上，開心地玩著老鷹抓小雞，以前的學校到處都是坡道與石階，只有這裡有著一大片的平坦空地，可以讓我們瘋成一團，我從這裡能掇拾的，是那一群十九歲女孩的美麗天空。

爬上三樓去到註冊組，一間間的辦公室和以前沒什麼不同，走在迴廊裡，陌生的行政人員，一個個都化身成了兇惡的教官與有著晚娘面孔的舍監，當年，若被叫到教官室，就是告訴妳犯了什麼大錯，要記警告或小過了，我們班上曾經在週末去同學家開舞會，結果被密告，參加的同學星期一全被叫去了教官室，但後來大家以哀兵政策軟化了教官的鐵石心腸，放過了大家。

那場舞會是在陽明山上一間有游泳池的豪宅裡辦的，同學熱心請大家去玩，沒想到惹了一場風波，同學的爸爸就是非常知名的寶島鐘錶的老闆，同學最後還嫁給了我先生大學時的同班同學，平添一則佳話。

我在出納室繳了錢，再去註冊組拿了補發的畢業證書，離開了這有著我年少許多故事的行政大樓。

由於上山的坡道在施工，所以我並沒有再繼續往山上走，再往上走，就是我們以前上課的教室和操場，禮堂在我們入校的前一年被火燒了，所以我們三年裡沒有禮堂可以用，如今的大禮堂是日後重建的。在山的最頂端，是以前的學生宿舍，八個同學擠在一間窄窄的陋室裡，有孤夜寒窗的苦讀，有淒豔動魄的愛戀情事，如今回眸凝睇，往事如春日豔紅的杜鵑在風中飛舞，彷彿青春又回來了。

見天色漸暗我趕緊沿著石階下了山，坡道兩旁一棵棵蓊蓊鬱鬱的綠樹，一叢叢喧天的豔紅，爭相在春日裡展現傲人的風姿，山坡上的杜鵑則尚未開放，警衛說：「妳看樹上滿是花苞，不久就是滿山的杜鵑花開了。」

在我年少的歲月裡，福山的杜鵑，是我血脈裡滾燙的記憶，執手走過的青春，我還依然繫在衣襟，如今春暖花開，我卻遍尋不著她的蹤跡。

青春的回憶，就像鎖在心扉深處的心盒裡，隨著歲月的堆疊而塵封，某一天，妳不經意的打開來，那曾被遺忘的，便猛然回了魂，重新又有了溫度與生命，過去與現在又連在一起了。

那些日子，我曾推開青春的那扇窗，山霧像潮水般湧入窗扉；那些日子，我曾在杜鵑花開的時候，愛過，美麗過！

生命的筵席

大學同學嫁女兒，寄了喜帖給南部幾個同學，大家一起搭了自強號去台南參加婚宴。

十八歲高中畢業負笈北上，學校宿舍在粥多僧少的情況下，南部的新生有優先住校權，因此我們幾個家住南部的同學，當年為了替家裡省錢幾乎都會選擇住校，每天上課、生活在一起，讓離鄉背井的我們，心，靠得更近了。

婚宴開始，同學的女婿挽著她的手走進會場，當丈母娘的她，喜悅之情溢於言表，隨後，父親牽著女兒進場，緩步在紅毯上的父親，看得出每一步都是對女兒無盡的不捨與牽掛，當他把女兒的手交給女婿，父女相擁的片刻，父親的哽咽與母親的眼淚，讓我也不禁紅了眼眶，因為父母知道，此後的人生路不再有娘家的庇護，只能靠自己去走，是好是壞，都要自己去承擔。當年，新嫁娘的我們，可曾真正體會父母眼中的淚水？

坐在婚宴會場，逆著時光隧道探入那一年新嫁娘的我，隨著悠長歲月，多少前塵往事，多少人世滄桑，都在心中留下一道道不可碰觸的傷痕。

我想，當年父親把我交到先生手中，怎會料到我日後為人媳婦的艱辛，母親去世前，更不會想到，她的女婿在她去世兩年之後亦撒手人寰，當年，我一個人帶著兩個孩子，走過的日子，除了眼淚還是眼淚，直到我信了主，生命才又展開了新的一頁。但我從不怨，生命有得有失，每個人的生命都有不為人知的辛酸，經過淬礪的生命，反而更堅強。

走入人生的初老，每個人都有了不同的際遇，如今一起參加婚宴的幾個同學，其中五個已成了單身，但我們對生命從不絕望，也都各自走出了屬於自己亮麗的天空。

聖經哥林多後書記載：「祂對我說：我的恩典夠你用的，因為我的能力是在人的軟弱上顯得完全。所以，我更喜歡誇自己的軟弱，好叫基督的能力覆庇我。我為基督的緣故，就以軟弱、凌辱、急難、逼迫、困苦為可喜樂的；因我什麼時候軟弱，什麼時候就剛強了。」

感謝上帝，幫我找回了文字，讓我在文字裡看到了生命的盼望，所謂「草枯根不死，春到又敷榮」，只要你有一顆絕不放棄的旺盛之心，生命定會耕耘出滿滿的豐收。在經歷過那些一去不復返的人生之後，我欣然了悟，失去何嘗不是另一種的獲得。

童年往事

竹籬笆內的年少輕狂

眷村就像一個時代的大熔爐，把不同出生背景，不同教育程度與文化差異的人聚集在一起，他們相互依存，相互碰撞，交融出一種獨特的眷村文化。

一九四九年隨著國民政府來到台灣的外省人，俱都身無長物，生活異常艱辛。每個家庭裡都有一窩的孩子要養，許多父母忙於生計，孩子疏於管教之下，很容易就走上歧路，成了叛逆少年。他們結黨結派，成天砍砍殺殺，為家裡帶來禍事連連。「幫派」在六〇年代的眷村中是我們成長的共同記憶。

眷村裡的幫派，大多是一群十來歲的孩子，他們經常在外滋生事端，惹來大批兄弟來村子裡尋仇，當年雙方人馬對峙的驚悚畫面，如今回想起來依然讓人不寒而慄。

先是雙方的大哥出面交涉，身後站著一群手持刀棍的小嘍囉，當談判破裂，大哥一聲「上」，雙方人馬就廝殺成一團，血氣方剛的年紀，常常是殺人不眨眼，冷不防，一轉身，利刃一刷，鋒芒入眼，斑斑血跡就在身上留下了記號。一陣混亂中，村民趕去派出所通報，警察一來，大家急忙鳥獸散去，有些逃躲不及的就當場被逮捕進了派出所，等父母下了班再去警局交保帶回。

住在我家隔壁的一個小男孩，從小個性內向溫馴，但母親沈迷於牌桌，父親忙著賺錢養家，無暇顧及他的生活日常，他整日在外廝混，最後淪為幫派的一份子，械鬥、吸毒，無惡不作，後來還因犯案進了少年觀護所。在他身上隨處可見因械鬥而留下的刀疤，每次受了傷強忍著痛，自己走去村子的醫務所包紮，鮮血淋漓的畫面，讓一旁的我們嚇得哇哇叫，他卻連眉頭都不皺一下，等傷口結痂了，自己拿把剪刀就把縫線給拆了，想來真的不可思議。這個男孩直到高中畢業去當兵，才真正遠離了幫派。

當年眷村裡的男孩在高中畢業之後，以報考軍校為首選，若能順利考上，不但吃、住、學費全免，畢業後更不用擔心就業的問題，無形中替家裡解決了許多經濟上的困境。那些考不上軍校的男孩，有些會在當完兵之後選擇去當船員，然後跳船去美國餐館打工。船公司會在他們上船工作之前，事先與他們簽訂一份契約，若中途跳船逃逸，船公司便會依據合約，要求家屬賠償。

跑船當船員只是他們去美國的一個跳板，實際上是為了賺美金改善家境，這在當年的眷村裡是司空見慣的事。他們會事先與在美國工作的眷村弟兄聯絡好相關事宜，等船一靠岸順利逃脫之後，直接去中國餐館打工，賺到了第一筆美金就立刻寄回家裡，用來償還船公司的賠償金。之後，家裡陸續添購的一些家電產品，如電視、冰箱、洗衣機等等，都是他們從海外賺回來的辛苦錢。然而身在異鄉，漂泊經年，那份思鄉的孤寂，對他們來說，在身心上都是無以復加的煎熬。

這個男孩跳船到美國後不久，在餐廳打工認識了一個美國女孩，兩人結婚後開了一間中國餐館，並且生了一個女兒，生活還算平順，但二十多年來他不曾回來過台灣，連母親去世亦未曾回來奔喪，卻在父親病危的時候，放下一切帶著妻子趕回來見父親最後一眼。

這孩子當年因為誤入歧途，被父親視為眼中釘，經常被鞭打的遍體鱗傷，母親沈迷於牌桌，棄子女於不顧，所以離鄉打拼，多少是因為從小心中那份得不到的關愛，而心生怨懟。當年離鄉才二十來歲，再回鄉卻是為了與父親道別，當父親闔上眼的那一刻，所有的恩怨也隨之入土，手中三柱清香，盡是寬容無怨。

二十多年來，在他輾轉世途的流浪中，從童年桂花香的巷子口，流浪到異鄉命運的海口，多少思鄉的淚水，只能暗夜裡一個人流，他想著逢年過節一家團圓的年夜飯，在那裡有他的兄姊，有著一個年年盼他回家吃年夜飯的雙親。父母終究是走了，他自責沒能陪著他們走完人生最後的一程。那匯流在心裡的斑斑血淚，有他多少的惆悵怨懟？那怨懟裡，又有他多少的萬水千山？

如煙往事已隨風遠去，如今眷村已拆遷，竹籬笆內年少輕狂的歲月，早已隱匿在一堆瓦礫中，被忽略，也被遺忘，人生行船，繼續航向一個無法回頭的遠方。

童年的鐵玻璃窗

女兒帶我去瑞芳的一間「老頑童工房」素食餐館吃飯，這間小小餐館座落在瑞芳山區，內部簡陋的陳設，像極了我童年時的眷村，老闆說，這舊眷舍應該有六十年以上的歷史了，他們承租時為了保留外省文化與懷舊氣息，對當年舊有的樣貌未做更改，當我一靠近，彷彿又回到了兒時的故鄉，找回了我與家鄉的連結與情感，尤其那一格一格的窗櫺，不就是我童年記憶中的鐵玻璃窗嗎？

小時候三姐妹在一起，經常會為了一些雞毛蒜皮的小事大打出手，尤其是妹妹與二姐之間的紛爭最多，兩人只要一言不合便拳腳相向，頓時，拖鞋、掃帚、椅子如棍劍齊飛，經常玻璃窗就這樣嘩啦啦地碎了滿地。

我在一旁觀望，若戰況愈演愈烈，我就立刻飛奔至大姐家找救兵。大姐大我們許多歲，在家中排行老大，十八歲就嫁給了隔壁鄰居哥哥，當爸爸媽媽上班不在家的時候，管教之責就落在大姐身上，面對我們的紛爭，她頂多口頭上數落我們一番，然後罰站了事。家裡的玻璃窗經常是破了補，補了又破。

媽媽下班回家後若發現玻璃窗破了，二話不說，拿起曬衣架就是一頓毒打，那打的妳皮開肉綻的曬衣架，其實比藤條抽在身上還痛，此時我們便趕快去找爸爸當救兵，爸爸總是護著我們，讓我們童年少捱了不少的鞭打。

爸爸在南京老家是一名打鐵匠，手藝精湛，戰亂中隨國民政府來到台灣，白天在聯勤兵工廠上班，晚上在家幫鄰居做一些煙囱、水桶、澡盆等鐵製品，以打零工的方式賺錢貼補家用，所以家裡有許許多多的鐵皮與洋釘。記憶中我們犯了錯，爸爸從不打罵我們，每當他發現家裡的玻璃窗破了，就悶不吭聲地趕緊去裁剪一塊鐵片鑲嵌在窗戶上，然後再刷上紅紅綠綠的油漆，並且開玩笑說，以後不用擔心家裡的窗戶會破了，妳們就儘量打吧。

後來，鄰居也學我們，再也不花錢裝玻璃，紛紛請爸爸替他們裁剪鐵片裝在窗戶上，這樣不但一勞永逸，而且省下了不少裝玻璃的費用。

所以小時候許多鄰居家的窗戶，幾乎都是紅色與綠色交錯置放的鐵玻璃窗，像魔術方塊上的彩色拼圖，活潑又有趣，如今想來，這不就是目前流行的裝置藝術嗎？

時代更迭，童年已遠，這滿屋子的懷舊風情卻依然天長地久，它像我兒時的故鄉，叫做「君毅里」。

聖若望天主堂

任何宗教的信仰，根本上是，我們對生育萬物大地的一種敬虔與感恩，我們感恩一些錯誤被修正與原諒，感恩生命的悲苦被擔待與安慰，在生命的困頓中，因著對生命的信仰與盼望，讓我們面對人世的繁華與滄桑，都有了尊重與感謝。

小時候的眷村，四周都是一片綠油油的稻田，遠遠的有一座天主教堂，矗立在一片寂靜的風景裡，長年累月，永世不變的歌讚與保守著，這些離鄉背井的憂傷生靈，當生命的繁華幻滅、淚潺潺流盡，聳立在藍天白雲裡的十字架，似乎給了我們一份溫暖與希望。

「天主堂每個月都會在教會發放物資給四周的鄉民，村子裡的大人小孩就會去教會領取，當時你們都還小，我就和媽媽排隊去領，玉米粉領回來做玉米餅，麵粉做饅頭，奶粉開水一沖好香好甜，袋子用完做衣服穿，每個人身上都是一面美國國旗，像制服一樣好有趣，妳沒印象了嗎？」大姐興奮的說著這陳年往事，呵呵的笑聲，讓她差點岔了氣，陶醉的臉龐上漾出一抹笑容，似天邊一朵亮麗的雲彩。

我跟大姊相差八歲，很多小時後的回憶，經由她的口述，我才能將一個個記憶碎片，拼湊起一個完整的圖片。記得從我有記憶開始，教會已不發放物資了，但是在每個放假天，神父會帶著糖果與印在小紙片上的聖經話語，來村子裡傳道，所以每一個小孩子都很期待星期天的到來。我們其實不懂誰是上帝，誰是瑪麗亞，更聽不懂聖經，我們只是為了那兩顆糖果而去。

天主堂的神父，是一位留著好長好長白鬍子的慈祥長者，他的國語講的很好，我猜想他應該來臺灣宣教好多年了。我們會圍在他的四周，蹲在地上聽他傳福音，他總是很有耐心的跟我們述說著聖經上的話語，那一字一句熨貼著我幼小的心靈，我不禁懷疑，真有那麼一個無所不能的神嗎？當時才五歲的我，想著家裡茹素拜佛的母親，看著宣揚上帝真理的神父，我茫然困惑不解，為什麼天地間會有那麼多的神那麼多的真理？

在那個貧窮的年代裡大部分的小孩都沒有上過幼稚園，後來西方宗教傳入台灣，為了方便宣教，天主堂在眷村附近創辦了一所幼稚園給村子裡的孩子就讀，每天還有點心可以吃，這對當時日子捉襟見肘的我們，無疑是天大的恩賜，父母更是開心可以讓孩子免費去上學，唱唱歌學點東西還有點心吃，因此上學成了我們一天中最快樂的事。

聖若望天主堂成了我與上帝的橋樑，時隔五十年後，我在妹妹的帶領之下，受洗成了一名基督徒。全家五個兄姊妹，當年只有我和妹妹去讀了天主堂的幼稚園，如今我們兩個成了敬虔的基督徒。有時候想想，命運真的很奇妙，冥冥之中，妳與上帝的緣份，自幼便已萌芽，生命兜兜轉轉，最終，依然回到最初的感動。

往事如煙，昨日依然近在咫尺，曾經的我在蒼茫的塵世間，一路跌跌蹌蹌摸索著，不知明天在何方，如今在信仰裡，看見了生命的歡喜與讚嘆。

鄉愁

當我年幼時，母親總愛跟我說起，家鄉南京的故事，那裡有她的孺慕耿耿，鄉愁怯怯之情，更有她揮之不去的國仇家恨。

無情的戰火註定了她顛沛流離的一生，南京大屠殺更是她心中最深沈的痛，那刺刀下血淋淋的畫面，在她幼小的心靈，造成了永遠無法磨滅的傷痛記憶。這份恨，直到她長眠入土，都不曾在她心中褪去。

長恨入心似水，浪濤滾滾，平地起波瀾，歲月的長河，她一生泅泳的好辛苦啊！台灣是母親另一種的花間歲月，以及人世的閒愁，她在夢裡垂詢她熟悉的鄉音，然而，隔著那一片台灣海峽，如今只剩下風霜鏤刻的滄桑。

她總愛哼唱著家鄉的歌，那是她嚮往的如夢年華，在她燦亮的年少裡，總覺得有走不盡的路，唱不完的歌，如今，一座海上孤獨的島嶼，一塊根深柢固的家園，竟成了天地低昂的永訣。

「山圍故國周遭在，潮打空城寂寞回。淮水東邊舊時月，夜深還過女牆來。」六朝的繁華興盛，惟有舊時明月，還照秦淮；這首劉禹錫的詩，寫的不就是南京嗎？歲月悠悠而過，如今，母親的心竟是這般的毫無著落。

「南京城裡，此刻家家戶戶的院落裡都是大朵潔白的梔子花，整個夏天四處都飄散著迷人的香氛呢！妳看過梔子花嗎？它有點像薔薇。」母親問我，她臉上洋溢著少女稚嫩的情感與她的鄉愁。

我搖搖頭，說沒看過。我只知道，走過童年的巷子口，依然有我早年的桂花香。那是我的鄉愁。

歸鄉

大陸作家沈江的一首詩～長相思《回鄉》，貼切地描繪了我的歸鄉之情：

「霧蒙蒙，灰蒙蒙。一路馳行山水重，烟繚天漸紅。
來匆匆，去匆匆。踏上旅途鄉戀濃，歸心似箭風。」

坐上東方航空，回鄉之路正式啟程。

父母在風華正茂的年歲，離開了家鄉，當年海上一艘艘疾行的船隻，在滾滾逝水裡有他們多少心酸的淚水？有他們多少的怨恨與不捨？如今回鄉之路，我能找回多少生命的悸動？那曾經深不見底的傷口，是否能在歷史的推浪中，不再有痛。

二〇一八年八月二十九日，姐妹三人與哥哥飛抵南京祿口機場，回到了父母的故鄉，六朝古都南京。由於班機誤點，我和二姐抵達祿口機場已是下午四點。在大陸工作的哥哥與妹妹及大陸親人早已在外等候多時，出了關，一行人終於見了面。一九四九我們尚未出生，如今回鄉已雪滿白頭，一霎間，我們似乎都成了遲暮的歸人。

離開機場，上了快速道路，車窗外一棟棟摩登且現代化的大樓，在藍天裡顯得意氣風發，耀眼的陽光像給這座城市鍍上了一層金沙，讓人目眩神迷。

「佳麗地。南朝盛事誰記。山圍故國繞清江，髻鬟對起。怒濤寂寞打孤城，風檣遙度天際。」周邦彥筆下的南京古城，真的是我眼前所見的這座現代化大都市嗎？如今朝代換了，世紀變了，歲月的滄桑早已隨風遠去，南京已從淳樸平實歷盡滄桑的歷史古城蛻變成了奪人眼目的希望之都，但我還是喜歡詩人筆下帶著憂傷情懷的金陵古城。

車子於傍晚時分，抵達了堂弟家。堂嫂早已準備了一桌子的酒菜為我們接風，都是道地的南京菜。但我最愛的依然是南京鹽水鴨，那是小時候家裡在過年時候才會有的美味佳餚。母親做的鹽水鴨特別好吃，堂弟以前是大廚，功夫亦是一等一地好，這鹽水鴨有我母親的味道。

一桌豐盛的酒菜像是我小時候的年夜飯，如今菜香依舊四溢，笑語依舊盈盈，卻獨缺了老一輩的身影，堂弟與哥哥手中的香菸，一根接著一根，在煙霧繚繞中，我似乎看見了當年倉皇離鄉的父親與留在家鄉照顧奶奶的叔叔，在我一驚，一喜的情緒裡，他們是真的回來了嗎？

如今兩岸分隔已七十年，七十年歲月如一場舊夢，我要如何用舊夢做襯裡繼續編織我的新夢？豔陽下，梧桐樹依舊在老家的巷道上開枝散葉，秦淮河依舊默默流淌著悠悠歲月，我不禁自問，難道這就是父母的鄉愁？我的情有獨鍾嗎？

藤條下的童年歲月

在我生長的年代裡，不作興愛的教育，大多數的家庭教育孩子不是打就是罵，每個人家裡都有一支打得你皮開肉綻的藤條。舉凡書唸不好、打架鬧事、偷父母的錢、結黨結派，只要給察覺到，就是一頓毒打。

倒楣的是，只要家中的父母吵架，小孩子也就跟著遭殃，所以當大人們在爭吵的時候，我們就趕緊去做功課或假裝讀書，免得惹來一場無妄之災。我們經常豎著耳朵偷聽，他們到底在為什麼事情吵架。有些父母還會上演全武行，拳腳相向互不相讓。印象中，父親脾氣極好，凡事總讓母親三分，因此我很少看到父母的口角爭執。

眷村居住空間狹仄，彼此唇齒相依，一些媽媽們沒事喜歡到處串門子，盡聊些村子裡蜚短流長之事，經常一言不合就紛爭四起，然後氣沖沖回家拿自己的孩子出氣，每個媽媽都拉高嗓門打罵自己的小孩，她們其實是罵給對方聽，告訴妳，老娘不好惹最好以後眼睛放亮一點，少來自討沒趣。以前的眷村，房子的牆壁都是用草筋、泥土、竹子混合而建造的，隔音效果很差，一家挨著一家，巷子和巷子之間，只隔著一條小小的弄堂，所以大家在家裡說的話，只要是音量大一點，前後左右的鄰居聽得是一清二楚，這也就是為什麼，大家要扯高了嗓門打罵孩子洩憤給你聽的原因。

以前我不能理解，為什麼父母不能用愛來好好規勸我們，總是一鞭子下去，解決所有的事情？直到我長大後，才漸漸明白，離鄉背井思親的苦、生活的壓力、看不到的明天，都會讓人心緒煩躁不安，況且每一個家庭，都生養了一堆的蘿蔔頭，大的哭小的叫，屋頂都快被掀翻了，誰還有那一份閒情逸致跟你好好坐下來，說那一長篇忠孝仁愛、禮義廉恥。

倒楣的還有，若別家小孩功課考了個第一、二名，他的父母就會拿著成績單出來站在自家門口炫耀，他們家大毛多麼聰明認真，這次月考全部一百分的時候，每一個大人就回家打自己的孩子，告訴你，下次成績再沒有進步，就不准吃飯。在那個窮困的年代，沒有飯吃是一件比死還讓人驚恐萬分的大事一樁。

我家鄰居黃哥哥，父親嗜酒如命，經常下班後就不了見人影，他的生活日常全靠自己打理，從不讓人操心，功課也總是名列前茅，在大家眼中，是一個勤奮向學的好學生，父母都要我們以他為榜樣好好唸書。

黃哥哥每天早上，公雞叫了就起床唸書，左鄰右舍的父母，只要聽見他坐在家門口唸書的聲音，就拿了藤條，翻開我們的棉被，邊罵邊打：「還不起床唸書，人家黃哥哥天不亮，沒人叫就知道要起來唸書，你們就知道睡懶覺，難怪人家能考上雄中，你們連十中都上不了。」在當時十中是初中聯考最差的學校，若聯考再落榜，就只好去唸私立的復華中學。

我們每個人從被窩裡被藤條打起床，趕緊拿本書坐在自家門口邊打瞌睡邊唸書，聲音從很大聲越唸越小聲，幾乎睏到快睡著了。當父母在屋子裡準備早餐和便當，聽不到唸書的聲音，他們就知道你準是睡著了，當周公還沒見到面，藤條就已落在了身上，他們邊罵邊打：「給我大聲唸出聲音來，如果再讓我聽不到你唸書的聲音，小心藤條伺候。」其實他們真的不懂，唸書沒用心去唸，等於白唸，還不如讓我們把覺睡飽了，上課才能專心。

一天，大家去找黃哥哥商量，希望他以後不要天還沒亮就起床唸書，如果要唸書就躲在自家唸，不要坐在家門口唸，而且不准唸出聲音來，免得大家每天早上都莫名其妙被藤條抽一頓。他答應了，從此，藤條惡夢不再如影隨形。這個品學兼優的大哥哥，後來娶了我大姊，成了我的大姊夫，如今已壽登耄耋，身體依舊健朗如昔。

藤條惡夢方興未艾，上了學，老師繼續打。以前還沒有九年國民義務教育，小學畢業要考初中，所以從小學六年級開始，我們每天有考不完的試，錯一題打一下手心，功課不好的同學手心經常被藤條打得又紅又腫，回家還不敢跟父母說，否則又是一頓打罵。

藤條打在手心，那種瞬間爆發的痛，讓人幾乎昏厥無法言語。印象中有一次數學考卷做錯了一題，我跟著同學去講台排隊接受處罰，輪到我的時候，我一見老師藤條高高舉起在半空中，我就嚇哭了，因為我知道這一鞭下去，這重力加速度的力道，我一定承受不住，老師見我哇哇大哭也就打不下去了，我因而順利逃過一劫。

我們生命中會遭遇許多的痛，藤條的痛是我們人生經歷中的一種，是孩童時期的一種被認知的痛，如今隨著歲月流逝，早已存檔在記憶檔案夾中，再次翻閱，仍心有餘悸。

在那兵荒馬亂的年代裡，許多父母都沒有受過教育，十八歲就當了爸爸媽媽，自己都還只是個沒長大的孩子，又如何能有足夠的智慧去教養自己的下一代，他們在茫然中學習，在摸索中成長，不懂在孩童成長過程中，打罵解決不了問題，而是應當孩子犯錯時，以尊重的態度讓孩子自己負責，反而更能夠培養出孩子理性的思考與獨立完整的性格。

我的父親在家裡扮演的是一個放任與自由的角色，相對之下，母親就是一個嚴厲的管教師，打罵之責，全在母親一個人身上，她的嚴格是基於愛之深責之切，恨鐵不成鋼的無奈，她與父親從小家境貧困，一輩子沒讀過書，只能靠勞力去養活一大家子的人，生活異常艱辛。母親希望我們能好好用功讀書，出人頭地，不要再走回她從前走過的辛苦路。

眺望滾滾逝水，童年彷彿很遠，又似乎很近，記憶是模糊，又是清晰，當我回首來時路，那湮遠的回憶，逐漸籠罩在那一片蒼茫暮色中，讓人不禁熱淚盈眶。如今，我用一顆寧靜的心，向一個時代告別！

鄉音

一九四九國共交戰，近百萬軍民隨國民政府撤退來台，政府為安置這批鄉民，在台建立了近九百多座村落，我們稱之為「眷村」。

位於高雄前鎮「君毅眷村」老一輩的村民，當年大部分均從南京城遷徙而來，所謂「離鄉不離腔」，南京話在歲月裡默默流動著家鄉的脈息，那熟悉的音律，讓他們在孤寂的歲月裡，多了一份心靈上的慰藉。

我們從小在眷村長大，南京話也就很自然地成了我們的母語，我們直到上了小學，才開始從注音符號ㄅㄆㄇㄈ開始學起，所以我們說的國語總帶著些微的南京腔。

當年小學就在眷村的旁邊，所以學校裡的同學幾乎都是眷村裡的孩子，在學校我們被規定要說國語，但下了課回到家，我們很自然地又說起了南京話，兩種語言交錯在我們日常生活中，常讓我們舌頭打結，鬧出了不少笑話。例如，我們罵人時把睡覺說成「挺屍」，罵人囉唆嘮叨，只講一個字「韶」，這些鄉俗口語，很是有趣。

當我們移植一份鄉音，蛻換成另一種語言，新語言在時代的變遷中，也就不斷地在我們生命中衍生出新意，豐富了生命中斑斕的色彩。

老一輩的父母走過戰火摧殘的年代，台灣成了他們的另一個家鄉，一個他們用汗水與淚水澆灌與認同的大地，為了融入這片土地，他們努力地學習當地語言，然而綿綿鄉音，依然是他們最熟悉的音律，那音律裡有他們天真爛漫的青春歲月與對家鄉無盡的思念。多年來，他們對家鄉的消息一無所知，而歷史的悲劇歷歷在目，他們成了一個時空下的真正疏離者。如今隨著時光流逝人事凋零，鄉音如浦公英的棉絮，隨風遠去，在歲月裡塵封掩埋。

我回憶起母親用她特殊的鄉音喊我的小名，那一聲聲叫喚，喚起了我童年的歷歷春景，我從鄉音的脈絡裡看見那烽火倖存下，萬里飄零的生靈和他們的牽掛與惆悵！

如今在戰後和平歲月出生的我們，母語與新語言交錯在我們的生命裡，像錯節盤根的蔓藤，更行更遠還生。鄉音依然在那遙遠的地方，在當年跟親人揮手道別的那一個冬天。

沉湮往事

童年的那條小河，依舊在暮色裡，迴盪著迤邐的流光。河水漫漫地流淌，訴說著它曾經走過的歲月情深。

繁花盛景，如今已成荒蕪一片，昔日遊子已遠去，童年已然葉落成泥，我這遲暮的歸人啊，還殷殷遙念著記憶中的從前。

歲月兜兜轉轉，我依然回到了兒時的故鄉，它就像依附在我身上的一塊斑斕的印記，總有著，月是故鄉明，人是故鄉親的慨嘆。

河水的那一頭，彷彿清晰可見，在廊廡深處，孩子們穿堂弄影，嘻笑燦亮的純真歲月，我伸手想要抓住些什麼，往事卻如那悠悠河水悄然而去！我遲行的腳步，在歲月的煙嵐裡逐漸模糊了蹤跡，童年已然遠去。

我回望，似乎看見母親年輕的身影，站在舊宅門前，像一首美麗的詩篇，有說不完道不盡的餘韻。

巷子口的桂花香，在微風中自身後緩緩飄來，這懾人的馨香，竟使我踉蹌的腳步，在浩大無邊的寂寞裡，失了魂魄。

我還需要多少沉湮往事，才能讓自己更接近一點，那曾經走過的歲月風華？我掛念著童年的故事，當成是一個永恆的回憶。我記憶著童年生活裡，每一段時光，每一片斑斕的色彩，每一個燦亮純真的笑容，我把它收藏在心中最幽微的角落裡，慢慢迴盪。

我相信最好的時光，只能存在過去與回憶裡。

情關難度

誰在愛情的路途中等妳

上了火車找到了座位，妳慣性地從隨身包包裏拿出書來，打發無聊且漫長的時光，這多年來的習慣，一直未曾改變。

《我為你灑下月光》是博客來買的新書，平日忙於工作，拿到書後曾隨手翻過幾頁，就又擱置於床頭。那天因業務到中部出差，出門時妳隨手把它放進了包包。

打開書，隨手翻到了這一頁：

「可不可以把愛情借放在他人的殼裡，做一個沒有責任不受束縛卻需等待施捨的遊民？如果有人要的是逐水草而居的愛情，樂於在他人的殼裡借宿，慾起則有慾，寂寞則有伴，這能叫愛情嗎？……愛能與他人分享嗎？若有兩人，在錯誤的時間相遇，一個終歸要回去自己一手建立的屋舍，一個必須等待。這樣的愛公平嗎？」

看到這，妳眼淚不可遏止撲簌簌地流，隔壁座位的這個男人，見妳哭得稀裡嘩啦，遞了一張面紙給妳，妳順手拿了過來，擦拭哭花了的臉龐，繼續沈浸在書中哀傷的情境裡，妳依舊邊看邊哭，這個男人繼續把面紙遞給妳，直到第三張面紙，妳才驚覺，何時旁邊坐了一個陌生男子？都怪自己入戲太深，還以為是在家裡，妹妹遞過來的面紙。

妳抬頭望了他一眼，尷尬地說：「不好意思，劇情太感人了，才哭得這麼傷心，謝謝你的面紙。」他淺淺地笑了一笑說：「哭出來，比放在心裡好多了。」這個溫文儒雅戴著銀框眼鏡，有著濃濃書卷氣的中年男人，像極了已離去多年的他。

火車很快到了站，妳收拾好東西，跟他說了聲再見，下了車。拖著行李走在月台上，妳不自覺地回眸凝望車廂內的他，這個男人也正靠著車窗，望著妳離去的背影，妳轉身揮揮手，他見狀，也微笑舞動著雙手，直到妳消失在人群中。

很長一段時間，每當妳坐上火車，就會憶起這段往事，妳經常在車廂中找尋這樣一個男人，這個男人跟妳有過一面之緣，他的模樣在腦海中已逐漸模糊，見了面也許已經認不出來了，然而那貼心的舉動，卻在無數個寂寞的夜晚，安撫了一個，在愛情的伏流中即將滅頂的靈魂。

也許短暫相遇的愛情，才是最讓人值得期待的，因為它純真無瑕，讓人充滿幻想。它停留在那一天的時空裡，成了心中最美的一幀風景。

秋天的故事

上完最後一堂課，已是傍晚時分，妳趕緊收拾好東西，離開了教室。

秋天暮色來得早，校園裡椰林大道上劃不開的寧謐，老樹濃蔭，曳著裊裊秋風，芳草釉青，妳喜歡這樣一個人走在校園裡，傾聽自己似有若無的跫音，有繁華落盡的感覺。

「要我順道載妳回去嗎？」一陣急促的腳步聲從身後走來。「喔，謝謝你，我自己坐車好了，因為我還要去辦一點事情才回家。」妳一向不喜歡麻煩別人，況且是不熟的同學。

日落的黃昏，美得讓人陶醉，妳想起那一年的秋天。妳報名了為期一個月的文學營，課堂上，妳的座位就在他的旁邊，每次下課後，他總愛對妳說：「我開車送妳回家吧！」

兩個人走在黃昏的校園裡，嗅著秋草的芳香與秋風的閒情，走到停車場，要繞過一個小坡，坡上的落葉，安然靜美，妳總愛撿起一片秋葉，猜測它流浪的旅程，他笑妳痴：「不過是一片落葉，從哪來，到哪去，何須掛懷？葉枯離枝，終究要化為塵泥，何能相守一生，不離不棄？」

如今走在暮色沈沈的校園裡，身後傳來的這一句：「要我順道載妳回去嗎？」讓莫名的傷感漫上心頭。這些年，妳在心口封上一把情鎖，把往事鎖住，只讓快樂漫流。

妳撿拾了一片落葉，隨手放進自己的口袋，那是他曾經的諾言，妳說什麼也捨不得忘記。

沒有人知道他去了哪兒，同樣地，也沒有人會在意落葉隨風飄去了何方？妳走出了校門，影子消失在沉沉暮色裡。

風鈴的聲音

年輕時候，男孩送給了女孩一串風鈴。他告訴女孩：「當妳想我的時候，就搖一搖風鈴，我就聽到了妳對我的思念。」

女孩問：「那你想我的時候呢？」

男孩說：「風會帶去我的思念，當風鈴在風中叮噹響的時候，我的思念就會隨風飛到妳的身邊。」

男孩當兵去了，女孩把風鈴掛在窗台上，每當微風輕吹，風鈴叮噹叮噹響的時候，她的心就如春暖花開般的甜蜜，因為，風傳來了男孩的思念。

多年後，他們分手了，而風鈴依舊掛在女孩的窗台上，每當起風的時候，女孩總是問自己：「他還想著我嗎？」

一天，風鈴無端被風吹落，碎了滿地，女孩心有不祥之感，心想著：「他還好嗎？」不久，由朋友口中得知，男孩因病去世。此時，女孩才知曉，原來當初真正分手的原因，是不想拖累她，才執意離去。

女孩哭了一整夜，第二天去書店又買了一串風鈴，她依舊把它掛在原來的窗台上，每當起風，風鈴叮噹響的時候，她就想像著那是男孩隔著迢遙的星空對她不捨的思念。

男孩走了，他把全部的落花與寂寞留給了孤單的女孩，沒有留下隻字片語，只留下風鈴的聲音。

很喜歡陳文茜的一首愛情語錄：

有些人，彷若過客，
他一旦來過，便成為永遠。

我們都曾在愛情中迷惘與陷落過，也曾在愛情的廢墟中哭泣過，與情人道別是一件多麼不容易的事，但人生中只要能真真切切地愛過一次，便此生足矣，不是嗎？

一個人的小確幸

在我身邊的朋友中，雪莉一直是個質感很好的女孩，愛看書，懂詩詞歌賦，柔靜的個性，凹凸有致的好身材，讓健身房的每個男人都想成為她的護花使者。為了論文的寫作資料，我上網找了一些相關書籍，趁雨勢暫歇，騎車去總圖借書。

當我循著館藏編號找到了藏書專櫃，一眼望過去，一個熟悉亮麗的背影吸引著我，「這是她嗎？」正當我猶疑不決的時候，她忽然轉過身來，手中抱著一堆書，一臉訝異的看著我。「怎麼會在這裡遇見妳？也來借書？」她走到我身旁，拉著我的手雀躍不已。因為怕說話音量影響到旁邊看書的人，我把她拉到圖書館的一個角落去。

「我是來借幾本書回去寫論文，好久不見，這些年好嗎？結婚了嗎？」

當年她在健身房認識了一個男孩，兩人感情如膠似漆，我一直以為她找到了真愛，不久便會與這男孩共組家庭。與雪莉失去聯絡，是因為我離開了當時的健身中心，如今一晃眼也快四年了。

「當年妳離開健身房沒多久，我們就分手了。」

「為什麼？你們感情一直很好的啊！」我急切地想知道答案。

「其實他早有了外遇，只是我一直被蒙在鼓裡，有一天他突然不告而別，手機沒人接，line不讀不回，打去他公司，同事說他離職了，我遍尋不著他的蹤跡，擔心他出事了，事情發生的很突然，我無計可施只能整日以淚洗面。沒多久，一個朋友告訴我，在一家百貨公司看到他和一個女孩親密地走在一起，我聽了這話，徹心徹肺地涼了，當下告訴自己，放下吧，一切都過去了。第二天，我把他所有東西，打包丟進了垃圾桶，開始過自己一個人的生活。」她揚起驕傲的下巴，宣告戀情結束，舌頭喧嘩地誦唸對愛情的嘲諷，嘴角的笑意，分不出是寬恕還是怨忿。

「妳……恨他嗎？」我存心這麼問，是想知道她是否真的已經走出來了。

「剛開始當然會啊！畢竟這麼久的感情了，哪能說放就放，但後來想開了，緣份勉強不來，也許我們真的不適合吧。想想以前真傻，每天下了班，就趕著去超市買菜，然後匆忙趕回家，走進廚房圍裙一穿，做上三菜一湯的飯菜，等著他下班回來，菜色全是他喜歡吃的；魚香茄子、東坡肉、三杯雞、麻婆豆腐……，只要是他喜歡吃的，我就照著食譜做，看他吃得津津有味，心裡就好滿足，似乎生命只是為了他一個人而活著。可悲的是，他從來沒問過我喜歡什麼，為我做過什麼。」她幽微的笑了笑，語氣中聽得出來是波瀾不驚的平和。

「所以，妳現在一個人住？」

雪莉把衣服理了理，定了定心，說：「我把原來的房子賣了重新換了一間，雖然小了一點，但日子過得踏實自在。每天下班後，我為自己燒一頓溫馨的晚餐，一隻波斯貓、兩隻鬥牛犬和窗台上的花花草草，就是我全部的愛，它們不會背叛我，帶給我許多歡樂與安慰。」看來，要從那一筆千瘡百孔的情債裡走出來，是多麼的不容易啊！

雪莉和他交往的那段時間，那男人身上穿的、吃的、用的，全部都是雪莉辛苦賺來的錢，我曾經勸過她，不要這樣掏心掏肺的，否則會把男人寵壞了，她總一派天真地笑著說，愛一個人就不會計較那麼多了。「多情自古空餘恨，好夢由來最易醒」，如今人財兩失，希望她是徹頭徹尾真的醒了。

「看來，這段感情讓妳真的長大了，妳是個好女孩，將來上帝會讓妳遇見一個真心相待的人，不要對愛情絕望喔！」我安慰著她，她靜靜地看著我，臉上浮著淡淡的笑容。我們閒聊了一會兒，她看看手中的錶，匆忙的跟我道別，笑著說，家中的那一群寶貝，現正等著她回去弄晚餐呢！望著她離去的背影，心中既是心疼也是欣慰。

在這個世界上，你也曾遇過不告而別的人嗎？如果遇上了，就學會跟過去告別吧！唯有放下了他的不告而別，才能讓自己走向未來，找回自己的人生。曾經在書中看過這樣的一段話，讓我印象深刻：「人既非神，孰能無情？哪怕這個世界上，沒有人能懂得我們心底的情感，我們也不要成為對自己最無情的那一個。」

愛情也好，婚姻也好，都不要為了愛，無止盡的付出，而忘了自己，愛是互惠的平台，只有付出沒有回報的愛無法走過天長地久，當對方絕情離去，不要哭天喊地，人生有許多選擇，並不侷限於一種狀態，也許此刻正是生命逆轉的大好時機，只要擦乾眼淚大步前行，你就能找到自由遼闊的天空。

當愛離去，只不過是在愛情的旅途中，有人提前下了車，而愛情列車將會繼續前行，也許下一站會有一個跟你心靈相通的伴侶出現，陪著你走完人生未來的旅程。當你失戀時，你只須告訴自己，你只是脫下了一雙不合腳的鞋，這雙鞋雖然好看，卻讓你皮破血流，受盡折磨，換一雙合腳舒適的鞋不難，只要你肯脫下不合腳的那一雙。

心靈整合之父，榮格說：「只有不理解黑暗的人，才會恐懼夜晚。」我們也可解讀為：「一個不了解愛情的人，才會恐懼愛情。」當愛情離開，你只不過是又回到當初一個人的狀態中，只要好好修復，你依然能找回從前的自己，而且在經過愛情創傷後，你會發現，自己的內在能量變得比以往更強大，超出自己的想像。

所有相遇而又錯過的愛情，把它留在過去就好，所有的憂傷與忿怒都會過去，當你對愛情不再患得患失，才能從容地面對愛情的來去。享受生命中的每一個當下，其實一個人也可以很幸福。

放開手依舊海闊天空

年輕時，因為工作關係，認識了一對年輕夫妻。先生長相斯文，頗有幾分俊秀之氣，在一家建設公司上班，女孩是一個家庭主婦，在家照顧公婆與孩子。

這女孩精明能幹，尤善理財，在七十七、七十八年左右，股市萬點，房地產飆漲之際，靠著股票與房地產買賣賺了很多錢，後來先生辭去工作，兩夫妻合開了一家房屋仲介公司，在當時就有將近五十名員工，生意之興旺，可見一斑！

兩岸開放觀光後，先生帶了大筆資金，獨自去到上海開疆闢土，她和孩子繼續留在台灣，經營她如日中天的事業。哪知一去沒多久，先生就淪陷在溫柔海裡無法自拔，大陸的小三吵著要他回台離婚，這女人在台灣事業越做越大，不想她的婚姻牽扯不清，也逼這男人表態，這男人不忍離了這與他同甘共苦，給了他一片江山的糟糠之妻，卻也放不下這美如花眷的小三，最後她去了一趟上海，兩個女人在機場見了面。

當她見到這年輕女孩的第一眼，心頭一怔，她知道她的婚姻是再也回不來了。這女孩皮膚白皙，身材曼妙，嬌柔撫媚，活脫脫就是個美人胚子，她看看自己又瘦又癟的身材，疲憊憔悴的容顏，與眼前這青春亮麗的女孩哪堪相比？她擦乾眼淚告訴那女孩：「妳讓他回來台灣辦理離婚手續吧！」決定放手的那一刻，她終於看清了上海的柔膩與險惡。

「啊，愛情就像那木棉道，季節過去就謝了」耳邊傳來的這首歌，好似告訴她，愛情已隨風遠去！

堆垛在家中各個角落的物件，都是曾經共同擁有的甜蜜回憶，那一齣一齣動人心弦的戲碼，如今像荒野裡被遺忘的殘墓斷碑。好長一段時間，她活在一個人的世界裡，覺得無依無靠，黑夜成了她唯一的擁抱。曾經兩人構築的美好家園，如今已成了一座大荒塚，那不朽的誓言，繾綣的情愛，皆是火燎之路，讓她遍體鱗傷。她想起納蘭性德的詞句：「休說生生花裡住，惜花人去花無主。」驀然回首，燈火闌珊處，只見人去樓空。

一天，她一如往常病懨懨地躺在床上，一個轉身她聽見門外孩子的對話。

「你不要去吵媽媽，我出去幫你和媽媽買便當，你要乖喔，姐姐很快就回來了。」剛放學的女兒放下書包，準備出門。

「姐姐，我們沒有了爸爸，我好害怕以後也沒有了媽媽。」兒子說著說著就哭了起來。「不會的，媽媽只是生病了，只要我們好好照顧媽媽，媽媽一定會慢慢好起來的。」姐姐說著也哽咽了起來。

她看著門縫裡兩個孩子孤單的身影，才驚覺這些日子以來，她是多麼地有失母職啊，雖然已失去了丈夫，但她還有孩子啊！孩子的愛，讓她終於掙脫了那一筆千瘡百孔的情債，她告訴他們：「有媽媽在，你們永遠不會孤單。」收拾好情緒她又回到職場，繼續打拚自己的事業版圖，最後成了商場女強人，而且有了新的感情歸宿。

十多年後，前夫在大陸的事業滑落谷底，健康也亮起了紅燈，希望回來與她復合，當她打開大門，看到那曾經飄盪遠離的負心人站在家門口，那哀憐的目光，希望能重回他曾經最愛歇的窩，他以為她還在等著他，然而她卻清楚的知道，過去是再也回不來了，她緩緩地關上了大門拒絕了他。

如果婚姻是愛情海裡的一葉舟，她說從此自己就是那掌舵者，在歷經婚姻枷鎖的鞭笞之後，已知道如何航向屬於自己的未來，她相信黑夜終會過去，黎明總會來臨，只要即刻啟程，未來依舊是海闊天空。

假日夫妻

雅琪在銀行外匯部門的主管是一個離婚多年的單身女性，在一偶然的機會裡認識了一個罹患癌症的失婚男性，兩人互有好感，決定交往。

女人每天利用銀行中午短暫的休息時間，騎車帶著自己早上在家料理好的營養午餐送去給他，再匆忙趕回銀行上班，晚上下班後，又趕回男人的住處張羅兩個人的晚餐，並將家務打掃完畢之後才騎車回自己的家。她盡心地照顧這個男人直到他完全康復，但兩人並無結婚的打算，依然過著各自獨立的生活。這長達數年的細心照顧感動了這男人，最後他向這個女人求婚，表示願意照顧她一輩子。

因兩人與元配離婚已十多年，早已習慣了單身生活，想著，若一旦再度走入婚姻同住在一個屋簷下，勢必要去重新適應婚姻生活，遷就彼此的生活習性，對於雙方早已習慣一個人自在生活方式的轉變，都有所顧慮。

兩人後來決議，週一至週五，各自住在自己的窩過自己想要的生活，生活型態不變，假期再住在一起過正常的夫妻生活，兩人可以很隨性地選擇假日要去誰的家或相偕出外旅遊，這樣不但保留了單身的生活樂趣與生活圈，也有了夫妻之實，讓有點黏又不太黏的感情更親密，等到年老體衰的一天，再同住一個屋簷下，彼此相互照顧，走完人生最後的旅程。

他們的婚禮在飯店舉行，當天邀請了雙方親友參加，對於他們的第二春，大家都給予深深的祝福，相信兩人歷經十多年的深厚感情，定能白頭偕老牽手一生。雅琪去當了他們婚禮中的伴娘，回來後開心地跟我分享了這一段有趣的故事，不過她說時下許多年輕族群寧願選擇同居，合則聚不合一拍兩散，沒有婚姻的牽絆反而自在。

我曾經在網路上看過一篇文章如此寫：

「我們不急著結婚，很大程度上，男人不缺性，女人不缺錢，我們都不缺朋友。

如果不結婚就可以獲得想要的精彩，那為什麼要多一個人分走我的快樂。」

這段話寫出了如今許多年輕人的真實心聲，我想，會這麼說，也許是還沒找到值得你相守一生的真愛，懼怕婚姻的人，很大程度上是害怕承擔責任，如果一個人連自己都照顧不好，凡事只想到自己，那就真的不適合走入婚姻，害人害己。

我想，婚姻雖然不能保障我們什麼，尤其近年來，婚外情時有所聞，離婚率更是屢創新高，但也有許多人的婚姻生活依然讓人稱羨，所以無論單身或已婚，如果能把自己的生活過好，經濟獨立，身體健康，有自己的興趣與一群志同道合的朋友，婚與不婚都能讓人生充滿了期待與夢想。

每個人婚姻觀都不同，單身不是享樂的載具，婚姻也不是痛苦的承受體，擇你所愛，愛你所擇，生命就是一首詩的美。

一無所有也是一種幸福

她優雅地從我眼前走來，一襲黑衫罩在穠纖合度的身形上，腳上一雙摩登細跟高跟鞋，隨著走路的姿態一顛一顫，黑色墨鏡後是一臉永不凋謝的微笑，彷彿再也沒有人能擊垮她的人生，當風輕輕拂過，空中揚起薄薄的一股香塵。

十三年前，在先生的告別式上她也是如此的妝扮，當時的她比我更像是先生的亡妻，彷彿也在悼念著她離去的愛情。告別式結束後，她陪著我一起去了先生的墓園。走過了這些年，我們都不再是從前的自己，我走出了生命低潮回到文字裡，她結束了傷痕累累的婚姻恢復成了單身，人生的挫折顛簸，讓人悵惘萬分。

當我們把所有的歡樂都鋪陳開來，當我們把所有的往事都綴連起來，卻再也拼湊不出一張幸福的網，曾經每一個漫長的冬夜，都是眼淚與傷痛的記憶，妳說，一無所有未嘗不是一種幸福，因為沒有什麼能夠再失去了，然後隨手一抓，都是喜悅。

多年不見，她依然亮麗如昔，成了一名出色的服裝設計師，我悠遊文字阡陌陶然忘我，如今我們都在斑斕暮色裡，又重新找回了生命的感動。

一片藍天，一抹暖陽，讓我們知道，生命除了冬天，還會有春天來臨。

背上的刺青

傍晚去健身房運動，在重力訓練區坐在我旁邊一左一右兩個年輕美眉，一個在左腳踝，一個在右腳踝，分別刺上了不同的圖騰，我因近視看不清楚，只能天馬行空的想像著：它是一朵小花？一株小草？還是愛人的名字？

「刺青」這玩意兒，讓我想起茹芸年輕時候的一個故事。

茹芸天生就是個美人胚子，追她的男人如過江之鯽，偏偏誰都上不了她的心，就只跟這個在酒吧裡吹薩克斯風的男人看對了眼。這男人面如冠玉貌似潘安，外表相當出眾，說白點，就是「人見人愛，老少通吃」的型男。當兩人眼神一對上，就註定了一場災難的開始。

當年倆人愛意正濃時，那男人把她的小名刻在了自己的背上，以示此情不渝，這浪漫的招數確實讓她感動不已，堅持此生非君不嫁，哪怕雙方父母萬般阻擾，兩人亦不為所動。婚後兩人育有二子，生活還算幸福，直到男人去對岸開創事業有了外遇，夫妻感情從此漸行漸遠。

男人背上礙眼的刺青頓時成了他和新歡之間的絆腳石，為了安撫新歡的情緒，他花錢去整型診所用雷射除去了茹芸在他身上留下的最後一道印記。茹芸最後只能含淚選擇放手，成全了他們。

「問世間，情是何物，直教生死相許」當初倆人愛的轟轟烈烈，茹芸寧願違逆父母，也要隨那男人遠走高飛。如今「千山暮景，隻影向誰去？」元好問的這首詩，道盡愛情裡的恨與痴

我曾經問過她，後悔當初的決定嗎？

「這種人渣，我早該丟了，只是又一個傻女人把他撿了回家，我只能祝福他們白頭偕老囉。」茹芸臉上開出一朵小小的太陽花，是想開了還是早已不知道什麼是

痛了？

「當時明月在，曾照彩雲歸」曾經倆人是月光下相依偎的幸福眷侶，如今已形同陌路，雖然明月依舊照床帷，只是那份情已再難追回。

妳也曾被愛情的網纏繞不休嗎？妳有過「早知如此絆人心，何如當初不相識」的慨嘆嗎？人世間，有太多的情經不起時間的考驗，有太多的愛無法走過天長地久，愛情的背叛，只不過是人生路上的一個過場，只要勇敢面對，妳依然能走出一身葳蕤自持的風姿。

旅人的夢

奮起湖賞櫻記

春天是櫻花盛開的日子，一群人相約去奮起湖賞櫻。當車子行走在蜿蜒山區，大夥兒便沿路尋找盛開的櫻花樹，然而，時序未到，大部分的櫻花依舊呈現含苞待放之姿，僅數朵開放在光禿禿的枝椏上，似正等待著和煦的春陽青睞，才願綻放那嬌媚的顏彩。大夥兒失望之情溢於言表，直說：「若我們再晚一個星期來就好了。」

我想，這大自然的美，又何止是那一樹盛放的櫻花呢？那煙嵐在層層疊疊的蓊鬱山巒裡縹緲著，陽光在林間樹梢迷離晃漾，空闊明淨的天空，鑲嵌著浮雲朵朵，不也是一種美嗎？置身其中，彷彿自己也走在這如詩如畫的長卷裡了。

近午時分，我們來到嘉義竹崎鄉的奮起湖。奮起湖乃阿里山森林鐵路行駛的中繼站，早期蒸汽火車行駛速度緩慢，運送物資的工人們，便在此處稍事停留，休息後繼續上路。奮起湖如今依然保留了百年老街的陳舊風貌，依山勢而建的房舍，是這裡獨有的特色。各家攤販店鋪，錯錯落落在高低起伏的地勢裡，和台北的九份有著相同的風情，故有南台灣小九份之稱。

來到奮起湖，你必然得嚐當地有名的鐵路便當，山中清純如釀的空氣，讓我們腹中的飢意頓時翻騰了起來。我們來到一家口碑不錯，藏身在老街巷弄裡的一家奮起湖便當店，一群人進入餐廳各自點了雞腿或是排骨便當，便狼吞起來。此時，窗外的一場及時雨，忽然淋淋灕灕的下起來，雨勢由小變大，大夥兒擔心這雨若下不停，待會兒怎麼走呢？司機一派輕鬆地說：「別擔心，這山中的雨，都來得快去得也快。」一果真不一會兒，太陽露出了笑臉。雨後的窗外飄來一陣一陣草和樹木的清新氣味，俗塵裡的喧囂，彷佛就在這瞬間，一洗而清了。

吃完午餐，大夥兒在老街閒晃，我們竟然在老街的一家店鋪「瑪莉商店」看到了小時後眷村媽媽們常用的百雀羚面霜和貝林痱子粉，老闆挖了一些百雀羚給我們試用，擦在手上的當下，彷彿時光倒流又回到了童年，記憶是如此清晰地呈現在眼前，心中的悸動，卻無以名狀。

我心裡想：五十年前的陳年往事，如今卻在這裡遇見了，這樣想時，山林裡冷寒的初春竟然也有了一絲絲的暖意了。我希望這狹長的老街能一直延伸下去，讓我能循著老記憶，找回曾經的童年。

我買了一個鐵盒裝的百雀羚，並不是真的要當面霜，而是買回去後放在梳妝台上，看著它，彷彿看見了從前站在化妝鏡前穿著旗袍準備出門的母親。我順口問：「有賣明星花露水嗎？」老闆說：「我們店裡沒有，但大賣場好像有，妳可以去找找看。」印象中，母親出門前總愛在臉上抹一些百雀羚，再將衣服灑上幾滴明星花露水，然後在梳妝鏡前端詳片刻才安心出門。這既親切又感傷的情緒交雜著，在心中泛起層層漣漪。

離開了這間懷舊的老店，外面的春雨又淅瀝淅瀝地下了起來，我們只好在老街繼續閒逛，一路走著，發現老街裡居然有著許多賣愛玉冰的店家，正覺納悶，司機解釋，由於奮起湖的氣候適合愛玉的生長，所以野生的愛玉是奮起湖除了鐵路便當之外，最有名的招牌冰品了。大家一聽也顧不得剛吃飽已經快撐破肚皮的鐵路便當，每個人趕緊掏腰包買了一杯，體驗一下這難得野生愛玉的好滋味。

見雨勢漸歇，一群人準備離開奮起湖老街，此時開往阿里山的森林小火車正進站停靠在鐵道上，我靜靜地望著，彷彿這現實世界正疊映著另一個世界，行駛的列車就像是人生的縮影，鐵軌記憶著它曾經走過的繁華與滄桑，月台不斷地上演著人生的聚散離合，如今時代已遠，只剩依時刻而運行的小火車轟隆而過。

山裡的小徑瀰漫著淡淡的煙嵐，微微的春陽自樹葉的隙縫中露出暖暖笑意，我們旋下車窗，讓早春的霧氣漫進窗來，竟有著些微的涼意。瞬時，蘇軾「料峭春風吹酒醒，微冷，山頭斜照卻相迎」的詩句縈上心頭。

雖已是初春了，山裡依然冷寒，一路上櫻花樹光禿禿的枝芽，臨風昂首向天，在一片岑寂中，盪起幽幽的孤鳴。我想，每一個生命的成長，都必然要經過一段艱辛的熬煉，才能綻放出燦爛不凡的一生吧。當冬天走過，春天來齊的時候，這山裡的櫻花樹將盛放如花火，那將是多麼讓人心醉神迷的景致啊！

黃澄澄的午後陽光是一種讓人眷戀的幸福，我們將車子停靠在頂石棹旅遊服務站，稍事休息。司機帶來他自己研磨的咖啡請我們，車內音響播放的「甜蜜蜜」「Yellow River」……等等老歌，讓大家不自覺地手舞足蹈著，香濃的咖啡薰人欲醉，眼前一大片綠意盎然的茶園，沈浸在春陽裡，甜美佔據了春天的每一個角落，是那麼的讓人無法抗拒。

山裡霧氣來得早，不到日落時分便瀰漫在整個山林裡，陽光才剛露臉，現又飄起漫漫雨絲，我們趕緊上車，在霧雨中下了山。

一場賞櫻之旅，櫻花沒賞著，卻揀拾了一份澄靜閒適的好心情。莊子的「天地有大美而不言」哪裡是我們能說的完呢！

南九州鐵道溫泉之旅

一直很喜歡旅遊，讀萬卷書不如行萬里路，我總能從旅途中找到快樂與幸福的種子，栽種在心中，發了芽開了花結了果，天天都是花開的好日子。

旅行社推出的南九州懷舊鐵道溫泉之旅，以獨家搭乘南九州五段各具特色的懷舊火車，住宿上選溫泉名宿，安排當地星級日本料理饗宴等特點，這精緻的行程讓人心動，在朋友邀約下相偕前往。

有人說，日本南九州懷舊鐵道之旅，就像是坊間旅行社推出的「跟著安藤忠雄去看建築」，鐵道之旅就像是「跟著水戸岡鋭治大師去看火車」讓人驚艷與感動。「水戸岡鋭治」是當代國際知名火車設計大師，他針對JR九州所設計的觀光列車，跳脫出傳統的框架設計，昇華成了心靈與美學的層次，讓旅客在搭乘的旅途中，彷彿乘坐著時光機回到了百年前的懷舊時空裡，置身其中，似乎記憶在撞擊，怦然激起滿心的悸動。

我們每天會搭乘遊覽車和一段懷舊復古火車去走訪沿途知名景點，行李都放在遊覽車上，只須帶著自己隨身的包包去搭乘火車即可，每天搭乘的懷舊火車都各具特色，其中橘子食堂列車，更是日本首創的「餐廳火車」，車上備有咖啡與點心讓旅客品嚐，我們悠閒地欣賞沿途田園風光，帶笑相看，感到幸福非凡！簡單的心，有著簡單的快樂。

五天四夜的行程，我們住宿的都是溫泉飯店，每天傍晚回到飯店，先換上泡湯和服，然後大家一起去用晚餐，剛開始真的不習慣穿著浴袍去吃飯，朋友說，這是日本人的習慣，我們就入境隨俗吧。日本的湯屋都是裸湯，而且是幕天的室外湯屋，身體泡熱了，就起來坐在石塊上吹著微涼的山風，望著湯屋外一叢一叢的燈火，像倒映在水裡的星光，真是浪漫啊！以前讀「長恨歌」，其中一段「春寒賜浴華清池，溫泉水滑洗凝脂」此刻的我們很慶幸，不必等候皇上賜浴，天天都能泡溫泉，想著想著，好像自己就成了唐玄宗寵幸的楊貴妃了，哈哈，真有趣。

第一晚住宿的飯店，是神隱少女款待諸神的湯屋「指宿白水館」，這是一座南九州地區一流的大型日式旅館，被蒼鬱的松樹與碧藍的大海所環繞，風景美不勝收。特殊的海岸與溫泉融合的地形，更使其成為全日本唯一的天然砂蒸溫泉，是我最喜歡的一家溫泉飯店。

第二晚「城山觀光酒店」座落在海拔一百零八米的高地「城山」上，可俯瞰櫻島及錦江灣美景，露天溫泉「薩摩之湯」是從地下一千公尺湧出的碳酸泉，有美人之湯的美譽，它也是日本十大美味早餐飯店之一。

最後兩晚的「清流山水花鮎之里」是隱身在日本三大激流旁的飯店，精緻木造的樑柱、欄杆、紙窗設計，有著傳統日式建築的氛圍。露天湯屋面對的是日本三大急流之一「球磨川」、人吉城跡及蓊鬱山景，泡湯成了一場身心靈的饗宴。我們並在此留下了「和服初體驗」的美麗身影。

旅途中讓我印象深刻的是「知覽武家屋敷群」此為知覽町郡的私人武士住宅區，

已有二百六十多年的歷史，其中開放七座造景庭園供遊客參觀拍照，武士在日本是世襲，如今武士和武士制度雖已消亡，但武士精神的思想範式卻已深深植根於人民性格之中。當我們漫步池泉庭園之中，江戶時代的武士生活，活脫脫在眼前顯現，臨風悠然懷古之情，掩上心扉。

另一讓我心神嚮往之處乃「仙巖園」，此為江戶時期島津藩主之別邸，庭園造景有許多中國庭園的元素與風格，置身其中，像走在中國歷史的古城裡，白色碩大的櫻花樹，開滿山頭，名為雪櫻，鬱鬱蒼蒼的雪松，標舉者一種恢宏的氣度，庭園整潔，古意盎然，樹蔭深深，往事紛紛，一霎間，我們都成了遲暮的歸客。

九州鐵道之旅，是深入九州田園鄉村風光的一種非常舒適的新玩法，每天坐上不同的懷舊火車，懷著悠閒散漫的心情，隨著窗外的景色，徜徉在美麗田園風光裡，所有繁複雜亂的心緒，都回歸為一片澄淨。王維的一首詩頗有這樣的心境：

安得捨塵網，拂衣辭世喧。

悠然策藜杖，歸向桃花源。

櫻花。春雨。九州。交織成一片浪漫情懷，遠山淡淡的霧氛，在風中搖曳，久久不去，如一幅淡雅的水墨畫，陽光偶爾露臉，灑落一地的金黃，田野向遠方無限地伸展，煩憂被遺落在千里之外，春雨中的九州，有一種懾人的撫媚風情，陽光下的九州，展現的是青春的氣息，春天裡的九州，你怎麼看都美，長冬已過，蟄伏的大地正緩緩甦醒，生命如此靜好。

被遺忘的角落～菲斯

菲斯是摩洛哥四大古城中最古老的，被公認為是十二世紀世界上最大的城市。然而，走進菲斯舊城區，眼前所現，卻盡是落後與貧窮，有著一種遠離現代文明的孤獨與滄桑感。這座古城在西元十二世紀所建，現在依然維持著原貌，十七公里的城牆，保留著完好的中世紀阿拉伯色彩，當地人以傳統染皮業維生，所以走在菲斯古城的狹窄巷弄裡，嗆鼻難聞的皮革味，讓我們必須猛吸薄荷葉才能呼吸，這薄荷葉是當地導遊帶我們去一家規模頗大的皮件商店選購皮革製品，店家發給每個人驅散惡臭之用。

為了將皮革軟化，他們必須要在一缸一缸的染劑中加入動物的糞便，所以這嗆鼻難聞的臭味便是混合了羊皮、駱駝皮、驢子大便與特殊香料而來，總之，味道相當刺鼻，如果不吸薄荷葉緩和一下，真的會讓人暈倒。

菲斯為全球最大的人工染皮產地，大太陽底下，只見工人們浸泡在一缸一缸的各種染劑中，用腳踩踏，好讓整個皮革能均勻上色，但看在我們的眼中，直教人心疼，那染劑可是有毒的溶劑啊，但在落後國家裡，生命只能被屈服於現實底下，那是一種無奈，更是無言的泣訴。從西班牙到摩洛哥，只隔了一條小小的直布羅陀海峽，所見卻有著天壤之別，像從繁華喧囂的大都會，一旋身便掉進了另一個貧窮落後的世界。然而，菲斯依然在烈日下，不畏艱辛地播揚著他們烈烈揚揚的生命意志。

走在菲斯舊城，我們有著太多的嘆息，然而，菲斯的居民卻有著一派「安其居，樂其俗」的開心胸懷，當他們習慣於把生命釋放於大地長天、遠山滄海，再多的苦，也成了甜。看看別人，想想自己，還有什麼值得抱怨的呢。同團的一個十八歲大男孩，當大家抱怨蕭安、菲斯髒亂貧窮落後，不值得一遊的時候，他小聲告訴了他的媽媽：「在走過契夫蕭安與菲斯之後，我看到了什麼是真正的貧窮，看到了一個我不曾看過的一個世界角落，它讓我學會了感恩與珍惜。」當他的媽媽告訴了我們這一段話後，我們全部的人都啞然無語。多麼難得啊，這竟然是來自於，一個讀美國學校的大男孩口中的感人話語。

旅行，讓不同的文化與歷史在腳步間交融，讓生命獲得更遼闊的空間，重要的是，它讓我學會了謙卑、寬容與尊重。

綿緲婉媚的曾文水庫

結婚後，曾經和先生帶著公婆和年幼的孩子來過曾文水庫，許多片段燦影如今已模糊不清了，而今到了霜髮年紀，再次舊地重遊，當我面對那一灣碧綠的湖水，那些美好的回憶，竟疾步地向我奔馳而來。

水庫在民國五十六年動土興建，民國六十二年完工，主要是為改善嘉南地區耕地灌溉之用，並具有集水、蓄水及取水的功能。原本叢山峻嶺的庫區，因水庫的興建而成為一片翠綠的蓊鬱山林。當年的我和先生才三十出頭，兒子還抱在手中，女兒已能隨地跑跳，公婆已年近七十，一家人遊湖的歡樂時光，如今已不復見，我只能從回憶裡尋回那片段的浮光掠影。

水庫環境清幽，澄淨的湖水像鑲嵌在大地上的一顆綠寶石，山巒在雲霧裡起伏、堆疊、錯錯落落，似一幅綿緲孤絕，有著婉媚韻致的山水畫，置身其境，陶淵明的詩句迴盪心中：「結廬在人境，而無車馬喧；問君何能爾，心遠地自偏。」一份淡泊恬適的心境，與大地萬物相應和，讓人感到自適與安然。

近幾年才興建完成的觀景樓，有著三百六十度的鳥瞰視野，讓行動不便或不想爬樓梯的旅客，可以搭乘電梯上下。平常在健身房運動的我們，自然是拾階而上，臉不紅氣不喘的一口氣登上了觀景樓。

觀景樓高達二十一公尺，能俯瞰整個曾文水庫，湖水在陽光照耀下，波光瀲灩，迷人眼目，澄淨明亮的水面，山風一吹，自成一層一層的漣漪，依偎在旁的山巒，彷彿千年無悔的守候，雲朵在湛藍的天空裡，悠然自在，隨風來去，一霎間，你似乎讀懂了中庸上的一段話：「萬物並育而不相害，道並行而不悖。」亦即《莊子・齊物》所述「天地與我並生，而萬物與我為一。」宇宙中的萬物，本是並育並存，它蘊育了生命的和諧美好，我們當對世間萬物懷著一份敬虔與尊重，對每一個生命，懷著感恩與珍惜。

南部的冬天沒有冷冽的寒風，陽光和煦溫暖，湖水像一面明亮的鏡子，微風輕拂，波光粼粼，遠處的山巒在雲霧裡沈澱出深淺不一的顏色，面對此難得的景致，大家紛紛拿起手機猛拍，心想著，若再鈐上一方紅色印章，眼前就是一幅美麗的山水畫了。

宜蘭輕旅行

連續四天假期，女兒上網訂了民宿與飯店，安排了全家的宜蘭之旅。

為避開車潮，我們選擇中午過後出發，車子出了雪隧往北宜路開，循著地址一路往山裡而去，車子穿行在蔓延草叢間，大約二十分鐘的路程，我們在一大片密密樹林裡看到了一間間紅磚黑瓦彷若英國古城堡的莊園，姿態優雅地佇立在如茵的草地上，一幅怡然恬靜的鄉村景致展現眼前，我們被這濃郁的綠意震驚，心中有著難以言喻的歡喜，彷彿夏日的慵倦都被踩在腳下，感覺視野開闊，神清氣爽。此時天空忽然飄起絲絲霧雨，樹與霧綢繆在一起，整個莊園在霧雨中，詩意甚濃。我們在庭院停好車拿著行李，在細雨霏霏中快速走向莊園。

推開莊園的紅色拱形木門進入大廳，映入眼簾的是，溫馨典雅的田園鄉村風格，木製桌椅、窗框、古董櫃櫥、燭台、一盞盞古典的玻璃燈與壁畫，讓人目不暇接。大片的落地玻璃窗印襯著窗外一片綠蔭，讓人仿若置身在叢林中，驚嘆之際，莊園女主人從二樓走下來，一個年約三十來歲的年輕女孩，長髮披垂肩背，頭戴白色棒球帽，身著T shirt和牛仔褲，身形與我相去不遠，是個帥氣的女孩。

女兒訂的是一樓的家庭房，女孩帶我們走進房間，為我們解說此莊園的設施與內外環境，孩子圍過去聽解說，我則興奮的拿起手機，房間、庭園拍個不停，我想，是那份悠閒散漫的莊園景緻，吸引著旅人的目光吧。

如今是梅雨季節，窗外雨細如絲，夾著隱現的陽光，在樹葉間灑下一片迷離，被雨水打下的落花還沁著淚珠，好似悲鳴著繁花似錦的夢最後終究要落入塵埃，化為塵泥。此時屋外的雨勢暫歇，大夥兒放下手中的行李，準備出門去幾個景點走走。

我們先去了金車伯朗頭城城堡咖啡，這充滿童話般浪漫的城堡，位於宜蘭外澳，由於居高臨下視野遼闊，天氣晴朗時，可見遠處的龜山島，可惜天候不佳，細雨霏霏中，只隱約看見它霧濛濛的身影。由於遊客太多，我們簡單用完下午茶，就離開往下一個景點～林美石磐步道與櫻花陵園而去。

快到櫻花陵園之前，會經過一座造型很現代感的弧形橋～櫻花橋，這是由建築大師黃聲遠所設計，它的特色是橋樑下面有夾層，夾層的設計像是彎月形，走著走著，看似已走到無路的盡頭，一個狹彎卻又峰迴路轉柳暗花明，再往下探，可以下到溪谷。櫻花陵園其實是一個墓園，在渭水之丘尚未蓋好前，櫻花橋就相當知名，它弧形的設計，宣告生命走過了死亡，又再回到了新生，所以人們說它是一座輪迴橋，是非常有特色的一座橋，值得一探。我們一家四口在弧形橋下請遊客幫我合拍了一張全家福。趁天色未暗，我們趕往下一個景點～林美石磐步道。

由於是下雨天，山裡不見遊客，步道因陰雨連綿，時有青苔，一不小心就容易滑倒，我們撐著傘在雨中登山，走得格外辛苦，在走了將近一個小時後，我們望了一下天色，烏雲已在天邊一角蓄勢，恐怕不一會兒要落大雨了，於是決定折返。本來還想若有時間可順道去林美石磐步道附近的佛光大學走走，但雨不停歇且天色也漸漸暗了下來，於是作罷，我們在雨中驅車離開了林美。

來到宜蘭必定要去礁溪嚐嚐古早味的甕窯雞，這間名為「甕窯雞」的店，位於礁溪交流道附近，是礁溪最有名的一家，由於是連續假期，遊客人潮如織，車輛大排長龍，只是為了一嚐「甕窯雞」的好滋味。我一向很少吃肉，只淺嚐了一兩塊，倒是三個孩子吃得津津有味，直說好好吃，我看他們恨不得把骨頭都一起吞下去了，吃完晚餐已快八點，此時天空依然飄著細雨，晚風吹在身上略顯涼意，我穿上薄外套，和孩子們上了車往莊園而去。

回到莊園，女孩已出外用餐未歸，但廚房餐桌上已為我們切好了一盤水果，大家趕緊把澡洗好換上舒適的衣服，迫不及待地要在這莊園的餐廳裡好好享受一下這份難得的浪漫與悠閒。

從廚房餐桌上擺放的餐具杯盤，看得她出是一個頗具品味的女孩，小巧精緻的古瓷咖啡杯與茶具，當你拿在手上品嚐咖啡或花茶的同時，彷彿自己已化身成了十八世紀的貴婦，正在自己的莊園裡悠閒地品味自己的美麗人生。我們各自選了不同花色、樣式的杯子，各自泡了一壺花茶，搭配女主人桌上放置的各種小包的小點心與水果，並順手打開了音響，讓輕柔的音樂、茶香與玻璃燈盞下的昏黃燈光，揮灑一室的浪漫，一天的疲勞於此完全被解放了。

窗外的雨依舊下著，只有一條老狗和走廊上昏暗的燈光和著草叢裡的蟬聲、雨聲，守著寂靜中的莊園。我們收拾好餐桌上的東西，回房早早就寢，此刻，我深深體會了「日出而作，日入而息」古早人規律的生活作息。

清晨在微光中醒來，我走向落地窗前，窗外的雨已暫歇，只剩簷角殘餘的滴答，想必是下了一夜的雨。由於今天還有旅遊行程，我把孩子們叫醒，準備吃完早餐，趁雨未下，早點出發。

走進餐廳，女主人已把早餐準備好放在廚房的餐台上了。「哇，好豐盛啊！」大夥兒不禁尖叫出聲。有吐司、生菜沙拉、奶茶、豆漿、火腿、蛋、蛋餅……好像在飯店吃早餐一樣豐富。最特別的是她自製的藍莓果醬和起司蛋餅，那濃郁香醇的好滋味，讓人口齒留香難以忘懷。我們用完早餐和女主人合照了一些照片當做留念，整理好行李，在放晴的陽光裡離開了這錯落在山間最美的一幅畫~班克希斯民宿。

當人生行至耳順之年，凡事已雲淡風輕，也許這清幽與世無爭的鄉居生活，是我心中真正嚮往的黃昏時光吧。

山上人家

台東，依山傍海，群山環繞，引人入勝。在這裡有座美麗的山脈，它叫太麻里山。位於群山中的太麻里盛產金針，每年八~九月為金針花開時節，滿山遍野黃澄澄的金針花隨風搖曳，一時花海繽紛，遊人如織。朋友兒時的玩伴在太麻里的山上開了一間民宿，一群喜愛大自然的好友相約驅車前往。

沿途經過美麗的東海岸，海水由湛藍到淺藍，層層疊疊的浪花在金色陽光照耀下，份外奪人眼目，陡峭的岩礁上，陣陣浪潮襲來，激濺迸射，迴旋的音律，時而高亢時而柔情，像一首悠揚的詩歌，讓人沈醉不已。

車子一路蜿蜒過海岸，映入眼簾的是蒽蒽鬱鬱連綿起伏的山脈，重巒疊嶂行走在穹蒼間，雄壯遼闊的氣度，讓人不經感嘆，你我不過滄海一粟，生命是如此渺小，在經緯縱橫的天地裡，人生又何須汲汲營營，為名為利，抑鬱不開呢？

太麻里的山上經常是有霧雨的，到了下午時分，更是濃霧一片籠罩在整個山頭，車行能見度很低，我們怕在山中迷路，只好將車子停在太麻里車站，等待主人下山引領我們前往民宿。

主人知道我們此行的目的是為金針花海而來，所以帶著我們一群人，先行來到忘憂谷。由於一陣雨一陣風，在霧雨中的金針花，隨著風、雨、霧，自成一股浪漫淒美的丰韻，讓人不禁想起秦觀的名句「自在飛花輕似夢，無邊絲雨細如愁」那縷縷哀愁與寂寞，都在細雨霏霏，花葉紛飛之中不可言喻了。

一群人正恣意地與金針花海合影，怎料傾盆大雨瞬間而落，大家匆匆結束濃濃遊興，快速奔回車內，在濃霧驟雨中隨著主人的車子，離開忘憂谷往山上民宿而去。雨勢時急時緩，車子在狹窄蜿蜒，雨霧縹緲，杳無人煙的產業道路中緩慢行進，真怕一個不小心，車子摔落至山谷。

看著窗外迷迷濛濛的霧雨，淅瀝地下著不停，那一脈雲山翠綠，那一抹清澄寧靜，在霧雨煙嵐裡，迴旋成了大自然裡的美麗詩篇！正當大夥兒驚聲連連，車子一個轉彎，我們來到了這座落在群山環繞、遠離塵囂的世外桃源。

到達這山中小屋，雨聲漸歇，只有樹枝上仍掛著晶瑩的水珠，太陽從雲層透出微微的陽光，清新自然的空氣，讓旅途的勞累一掃而空。女主人正在庭院裡清洗晚餐的食材，見我們遠道而來，欣喜異常，因為這寂靜的山中小屋，好久沒有這般熱鬧了。

隱身在層層峰巒之中的民宿，樸拙而幽靜，頗有幾分陶淵明筆下「曖曖遠人村，依依墟里煙」的情致。小屋依山而建，背山面海，站在庭院的瞭望台，可以俯瞰一片開闊的翠綠田疇，晴朗的天氣裡，更可以眺望到遠方的海，主人說，清晨站在庭院便可以看到日出，千變萬化的旭日，像一幅繽紛多彩的油畫，使人目不暇給，讓人眷戀，不能自持。

主人要我們先把行李放回房間，趁天色未暗，帶我們到附近的山區走走。

走過一小段山路，我們來到他們的香菇園，用黑紗網圈圍著的香菇園，是種植在一塊一塊的椴木上，椴木是自己在山上種的樹，長到適合的徑圍，就砍伐下來，鋸成一段段，再在椴木上鑿出一個個洞，把菌種植在椴木孔裡，香菇園裝置了自動灑水器，配合著山裡的濕度與空氣，香菇便可慢慢生成！也許是山林裡的空氣水質清新，種出來的香菇每一朵又大又厚又香，主人說，每一個椴木種植的香菇，一年可以收成四次，然後椴木就必須重新換過，否則生長出來的香菇就會越來越小，這也就是他們要自己種植椴樹的原因。香菇收成後，用機器烘乾，製成乾香菇，出售給廠商，因為他們的香菇肥厚且香，常常供不應求

好友看見廢棄在園外的一塊塊椴木，問說，是否可以送她一個，回家也來種植香菇，主人笑說，都市裡的空氣和水質，是種不活香菇的。原來，天地萬物自有它生長的地方，強求不來的啊。

離開香菇園，我們沿著山路往回走，一路上滿是各種野生的植物，有翠綠的佛手瓜，稚嫩的龍鬚菜，香甜的小黃瓜，黃澄澄的南瓜，各種蔬菜隨手可得，我們摘取了一些，準備回去當晚餐的菜餚。

下山的路上，檳榔花一陣陣馥郁的香氣，在風中飄散，清幽而淡雅，那一抹香，折疊了每一個歲月裡的朝陽與黃昏。我抬頭仰望，那高聳入雲天裡的一棵棵檳榔樹，一蓬蓬碩大的花蕾，在陽光下閃爍著亮麗的光芒，山風輕拂，曼妙舞姿隨風招展，讓人陶然忘我。

回到民宿已近傍晚時分，一行人登上庭院裡的眺望台，主人說，這眺望台是縣政府為了促進太麻里觀光產業，特地幫他們興建的。站在眺望台中，近看山巒疊嶂，蓊鬱一片，遠眺清澄寧靜的太平洋，當你端坐著，屏氣凝神觀看眼前的一切，彷彿所有的塵囂慢慢地從身後流逝，而你已在時光之外，不受任何干擾了。

男主人年近七十，依然精神抖擻，絲毫不顯老態，年輕時的舊識，如今相見更懂得了珍惜！他從家中端來了茶具，泡了上好的老人茶讓我們品嚐，茶香四溢，隨風飄揚，在空中迴旋成了一縷縷的芳香！這情景讓我想起曾聽過的一首山歌：

茶葉青唷，水也清唷，

清水燒茶，獻給心上的人。
親人上山，你停一停，
親人上山，你停一停，
喝口新茶，表表我的心。

農家的一首茶葉歌，歌聲嘹亮的人唱起來，滿山滿谷的迴音，想必那花兒草兒也必為之沈醉不已呢！大夥兒打開帶來的點心，在亭中喝茶聊天，俗塵裡的喧囂，彷彿在這一刻都已隨風遠去。

「吃飯囉」女主人走出屋外，對著亭中的我們叫喚，大夥兒收拾好桌上的點心，走出亭外，往庭院內擺設的餐桌而去。此時太陽已下了山，黃昏的彩霞，在海天裡變幻著千百種光影，每一種變化都讓人不可思議，每一種姿態都讓人痴迷。

桌上的菜餚一端上來，菜香四溢，山中清新空氣和水質孕育出來的蔬菜特別香濃，飢腸轆轆的我們，早已忘了該有的風範，大家舉箸爭食，毫不相讓，深怕一個遲疑，美味的菜餚被一掃而空。女主人用自家種的菜炒了：龍鬚菜，佛手瓜炒香菇，小黃瓜炒烏賊，蔥爆白蝦，山羌炒薑片，當歸雞湯，燒酒雞。滿滿一桌，食材除了白蝦與烏賊是我們從小鎮上買來的，其他的蔬菜和山雞，都是山裡自家種的、養的。主人還拿出私釀的藥酒招待我們，朋友說，這可是只有我們才有的福利喔，別人來，他們可捨不得拿出來呢！頓時，美酒佳餚，風清月柔，生命中的華麗與悲悵，在此刻都化為一抹淡然澄靜。

夜裡的深山，氣溫明顯下降許多，主人怕我們傷了風，著了涼，要我們移至屋內！由於山裡沒有網路，手機搜不到訊號，一群人只好坐在客廳聊天，女主人拿了自家種的菊花，泡了一壺菊花茶給我們安神，聽說能幫助睡眠呢！她說每年春天是小白菊盛開的季節，整片的菊花園很是壯觀，他們採收後用機器烘乾製成菊花茶，和他們的乾香菇一樣供不應求呢！我心中想像著滿山遍野的小白菊，那該是多麼浪漫的景致啊。頓時，起了明年春天再次造訪的念頭。

顯然女主人很愛品酒，不多久她又拿出一瓶藥酒給我們試喝，我一看嚇死人，透明酒瓶裡，有一半是白色的蜂蛹，她說這是很好的天然賀爾蒙，是用小米酒浸泡的，我喝了一小口，嗆辣的讓人五官全糾結在一團，我想酒精濃度一定很高，像陳年高粱。已經六十五歲的她，臉上沒什麼皺紋，她說從不擦任何保養品，只有在冬天皮膚太乾的時候，抹一些乳霜而已，更神奇的是，她一頭又黑又亮的茂密髮絲，而且皮膚透亮沒有什麼黑斑，她說也許是山裡清新的空氣和水和她愛喝藥酒有關吧！她還告訴我們，住在這山裡已四十五年，健保卡沒用過一次，山裡的百草就是他們的天然藥方，每一種藥草特性他們都如數家珍，所以當身體不舒服的時候，就去山裡摘藥草回來煮了喝，聽得大家瞠目結舌，果真是現代神農氏，讓我們佩服的五體投地。

不知是燒酒雞酒精太濃後勁發作，還是蜂蛹藥酒太烈，不勝酒力的我，腦袋昏昏沉沉，我獨自一人回到房間，躺在床上，順手拿起帶來的書，看不到幾頁，便沈沉睡去，客廳裡的嬉笑聲，在耳邊忽明忽滅。

清晨七點當我醒來時，大夥兒早已起床去山中採集野菜了。女主人在廚房忙著早餐，依然是一盤盤山中現採的新鮮野菜，我們配著她自製的豆腐乳和菜脯炒蛋（菜脯也是她自己做的），菜一端上桌，大家立刻一掃而空，因為這美味可只有在這山裡才嚐得到的啊。

早餐後，大夥兒回房間整理行李，帶著大包小包在山中採集而來的野菜與他們自製的乾香菇準備下山，臨行前大家在庭院與民宿主人合拍了一張大合照，帶著依依不捨地心情與滿滿的回憶，揮別了這座山中小屋。

他們將一生捨給了太麻里的群山，四十五年悠悠揚揚的歲月，從青春飛揚走到日暮黃昏，山是他們遠離紛擾塵囂，是悲悵過後，依然能笑迎人生的美麗天堂。

初冬裡的澎湖灣

澎湖俗稱風島，是台灣的離島，位於台灣海峽上，四面環海，以觀光產業為主。夏天遊客絡繹不絕，海上活動繽紛登場。時序一旦入秋，東北季風增強，風島即正式進入旅遊淡季，休養生息，期待來年春暖花開時節，再展歡顏。

初冬的澎湖，呼喝的天風沒有想像中的強勁，白天陽光依舊和煦溫暖，遊客少了，反而多了份悠閒與自在，漫步在二崁舊城裡，李白《將進酒》的詩句「高堂明鏡悲白髮，朝如青絲暮成雪。」在耳畔輕輕響起，許多往事、許多聲音、許多悲歡，都靜靜地隨時光流逝而去，它們會隨著流水再回來嗎？

冬天的二崁，因遊客稀少，街道蕭索落寞，商家幾乎都關了門，待來年春天，才能重顯市聲嘈雜的熱鬧景象！走著走著，看見一戶人家的舊宅門敞開著，我向內張望，熱騰騰的杏仁茶，茶香四溢，瞬間挑逗著你的味蕾，一杯四十塊，我嫌稍貴，店家說：「妳喝了就知道，它濃郁的獨特風味，可是別家沒得比呢。」我掏錢買了一杯，在微冷的初冬，喝下的一瞬，竟是滿心的溫暖。

讓人印象深刻的，還有玄武岩，其紋理分明的石柱羅列環抱，壯麗的景觀被稱為「澎湖的黃石公園」，岩下的一窪潭水，浮著青綠色的草葉，和岩上的枯枝，相映成一幅蒼涼的秋景。霎時，古人朱熹的一句「未覺池塘春草夢，階前梧葉已秋聲」讓人不禁悵然。

澎湖廟宇極多，走進寺廟高高的門檻，讓人瞻仰出神的，不是供奉的神像，而是百年歷史的建築，古廟裡的匾聯碑誌，像歷史的散簡斷篇，歷經風霜恣意的摧殘，許多已字跡難辨。友人誠心拜佛，求得一籤，拜託我解詩籤意象，我一瞧，乃下下籤，她頗為落寞地說：「真準」，我安慰她：「看看就好，不必放在心上，聖經上說：忘卻背後，努力面前的，向著標竿直跑……，只要妳願意繼續努力，成功不遠矣。」聽完，她終於放下心來。

秋、冬的澎湖，因東北季風的關係，較不適合水上活動或出海巡航等玩法，但業者會有海上牧場的活動，逗海鱺餵食、現烤牡蠣、海產粥吃到飽，讓遊客即使在秋冬之際，依然能玩得盡興。其中烤牡蠣，個個鮮嫩肥美，隨便你吃，朋友直呼，這行程真的物超所值呢。

夏天的澎湖，繽紛多姿，秋冬的澎湖，展示的是另一種翔姿，有著不同的風韻，不同的瑰麗，不同的感動。只要用心去看世界，每一個時空裡，都有絢麗的花朵為你而綻放。

九份老街

黃昏，我蹀躞在九份的老街，人聲鼎沸，喧囂嘈雜。

曾經輝煌的掏金夢，在眼眸裡閃爍著耀眼的光芒，像重返一場流金歲月，細聽老礦工在那欣欣輝光裡，述說一篇篇炫目的光華。

踟躕的街角，凝望的高樓，遮不斷歷史的煙塵，每一個駐足的角落，都曾是一則令人驚嘆的黃金故事，昔日繁華盛景，摺疊在歲月裡，在回首的瞬間，讓木然已久的心扉，狂喜、悵惘。

我順著夕陽裡的餘暉，走進歷史的更深處去。

藍色山城～契夫蕭安

離開了直布羅陀，我們驅車前往西班牙南端，歐洲通往北非的關口～艾爾西拉斯，然後搭渡輪橫越地中海與大西洋前往摩洛哥。一行人辦理好了入境手續，已是傍晚時分，隨後由當地導遊帶領我們前往契夫蕭安。

這是一個典型西班牙～安達魯西亞小鎮，Rif山脈橫亙摩洛哥北部，美麗山城契夫蕭安座落在山區一處山谷中，海拔五百～七百公尺，有人說，蕭安是摩洛哥「天空之城」，建於一四七一的蕭安，是為防禦葡萄牙及柏柏爾叛軍所建的城堡，一四九二年，西班牙收復格拉納達後，猶太教徒及伊斯蘭教徒被逐出伊比利半島，有不少人就避難在蕭安的防禦城堡裡，過著與世隔絕的生活，直到一九二〇年才被西班牙人發現。

這座遺世獨立五個多世紀的舊城，依然保有著古老安達魯西亞的建築風格，大小房舍都被漆上了淺藍色，由於藍色在猶太教中象徵天空、神、大海的神聖顏色，在伊斯蘭社會裡，藍色也是純潔與安定的象徵，蕭安故被稱之為「藍色山城」，契夫蕭安在摩洛哥的舊城區裡相當知名，同時也是十分有名的觀光景區。

蕭安由於位於山區，房舍隨著地勢起伏錯落不一，和台灣的九份與奮起湖，有著相同的風情。蕭安舊城裡，凹凸不平的小路上，鋪著各種不同的石塊與鵝卵石，交織出一幅美麗的圖畫，迷魂陣般巷道，盡皆曲折且狹窄，導遊要我們大家跟緊點，否則一個轉彎就很容易迷路了。

走在暮色蒼茫的藍色山城裡，像回到十五世紀的瓦塔斯王朝，天是藍的，眼眸是藍的，在純然的藍裡浸了好久好久，蕭安的寂寞向遠方無限的伸長，伸進了一個神祕的藍色遺忘裡。

藍色山城另有一奇特景象，就是到處都是貓，我們曾問導遊，為什麼不見狗兒反倒處處是貓的蹤跡呢？導遊解釋：摩洛哥人信奉伊斯蘭教，他們認為狗是不潔淨的動物，所以沒有人會飼養。為什麼狗是不潔的動物？至今仍讓我百思不得其解。

逛完舊城區，當晚我們下榻在山城裡的Dar Chaouen Hotel，這是一個靠近山邊的小旅館，庭園、建築、裝飾擺設，有著濃濃的摩洛哥風格，房間很小，卻有著浪漫的異國風情，打開藍色木窗，可以俯瞰整個蕭安古城。

晚餐我們就在旅館的餐廳用餐，餐桌上一盞盞燭光，點綴著中東色彩的桌布與擺設，讓人有如置身在阿拉伯的世界裡。桌上一碟一碟的小菜，大多是豆子磨碎用香料調製而成，主菜雞肉或牛肉都用摩洛哥的特殊香料燉煮，尤其醃漬檸檬雞肉塔吉鍋，其獨特的絕妙滋味，至今依然讓人垂涎三尺，至於那一碟碟五顏六色的小菜，看起來像是色素，除了橄欖，其他的小菜我都敬謝不敏。

契夫蕭安是我們在摩洛哥拜訪的第一個古城，也是我印象最深刻的一個舊城區，它的藍有一種不可思議的神祕，有別於希臘小島的藍，天的藍，建築的藍，街道的藍，像從天撒下的顏料浸染了整座山城，如今，我依然記得那有靈氣有個性的藍，像太陽永遠記得盛開的向日葵，樂觀堅強。

整個蕭安舊城，貧窮落後，除了觀光客就只剩下老人，年輕世代都移居到了新城，舊城巷弄裡垃圾滿地惡臭撲鼻，蒼蠅滿天飛舞，像回到了貧窮的非洲國家，但我喜歡他們頭巾包覆下，露出的深邃神祕的眼瞳，濃密捲翹的睫毛，開闔之際，訴盡衷情。

舊城巍巍，規格仍在，卻是「物是人非事事休」，如今我們走在藍色山城裡，細聽摩洛哥導遊，殷勤為我們指點歲月的痕跡，讓我們對生命有了更深的領悟。

金瓜石瑜伽之旅

隱身山巒裡的金瓜石「緩慢」民宿，矗立在煙嵐幽深的山城裡，從蜿蜒山路遠遠地望過去，小屋在氤氳的雲氣裡乍明乍滅，有一股自絕於凡塵的靈動起伏，彷彿一切惱人的歲月都被隔絕在繁華之外，生命返璞歸真，曼聲吟哦著單純的笑與淚。

走進山中小屋，如茵的綠草、啾啾的鳥雀聲與漫散在院落中的白色木椅，閒適自在地像一首美麗詩篇，在和煦的陽光下細細訴說著時光裡的慵懶與澄靜。我的腳步不自覺地也隨著這悠閒散漫的時光緩慢了下來。

院落面對一片峰巒，山勢峭秀，溫婉嫵麗，你可以在陽光照拂的青青草地上與山巒對坐，盤膝冥想，感受天地的大氣與開豁。當我屏氣凝神觀照自我，大悲與大喜，都成了一種生命的領悟。

一場大雨的午後，我和孩子驅車來到這山中小屋，讓心留下一點點空白……

後記《時光裡的小河流》

生命的逆轉，總在某些不如意的時刻，先生驟逝，孩子離家，讓我過早明白什麼是孤單，上帝拿了一把鑰匙，開啟了我通往文字的美麗花田，告訴我忘卻背後，努力向前，在真摯的信仰裡，相信一切不會是徒勞。

二〇一七年我放下一切，又重新回到學校，朋友問，「為什麼還要這麼辛苦呢？」我笑著說，就單純的只是喜歡文學吧。

人生裡，我們都帶著不同的目的走上自己的旅程，我喜歡自己選擇的後半生，放下遺憾，捨去盤算衡量，用閱讀與文字築起人生願景，找回自己的海闊天空。

感謝琹涵老師在寫作路上給我的鼓勵與提攜，並為這本書寫了推薦序，給了這本書最珍貴的祝福，感謝翁少非老師的序言，帶領讀者走入心中最幽微的角落，撫慰了創傷的心靈，感謝生命中每一個相遇，每一個相知相惜，讓我在寫作的路途上因為你們的途經而不覺孤單。

這是我的第一本書，會不會也是最後一本，我不得而知，但有些故事多年來一直在心中迴盪著，如今寫下了，心，也就安了。

最後，願這些文字能走進你內心深處，點燃一盞燈，照亮人生漫漫旅程。

國家圖書館出版品預行編目

時光裡的小河流 / 王秀蘭著. -- 臺北市：致出版, 2020.12
面； 公分
ISBN 978-986-5573-05-8(平裝)

863.55 109019218

時光裡的小河流

作　　者／王秀蘭
出版策劃／致出版
製作銷售／秀威資訊科技股份有限公司
114 台北市內湖區瑞光路76巷69號2樓
電話：+886-2-2796-3638
傳真：+886-2-2796-1377

出版日期／2020年12月　　定價／300元

致 出 版　向出版者致敬